日記で読む日本史4

倉本一宏 監修

「ためし」から読む更級日記

漢文日記・土佐日記・蜻蛉日記からの展開

石川久美子 著

臨川書店

目　次

（凡例）

一、『更級日記』本文は秋山虔校注、新潮日本古典集成『更級日記』（底本：藤原定家筆、御物本『更級日記』）に従っているが、表記等改めた箇所がある。

二、本書で使用した主要テキストは以下の通りである。なお表記等改めた箇所がある。
『古事記』…新潮日本古典集成を中心にし、適宜新編日本古典文学全集も使用している。
『万葉集』…多田一臣『万葉集全解』（筑摩書房）を中心にし、適宜中西進『万葉集』（講談社文庫）も使用している。
『古今和歌集』…高田祐彦『古今和歌集』（角川ソフィア文庫）を中心にし、適宜小町谷照彦（ちくま学芸文庫）も使用している。
『土佐日記』『蜻蛉日記』『栄花物語』『今昔物語集』『十六夜日記』…新編日本古典文学全集（小学館）
『伊勢物語』…日本古典文学全集（小学館）
『拾遺和歌集』『後拾遺和歌集』…新日本古典文学大系（岩波書店）
『枕草子』…新潮日本古典文学全集（新潮社）

三、本書で引用した主要な注釈書のうち、シリーズものの略称は以下の通りである。
日本古典文学大系（岩波書店）…大系
新日本古典文学大系（岩波書店）…新大系
新潮日本古典集成（新潮社）…集成
新編日本古典文学全集（小学館）…新全集

四、引用部内の（　）は筆者による注である。

五、写真はすべて倉本一宏氏から提供を受けた。

※集成、新大系『更級日記』の地図をもとに、倉本一宏『「旅」の誕生』(河出書房新社、2015)を参考に改変した。○(　)は駅家を、-----は国司のルートを意味している。●は『更級日記』に書かれている地名等、——はそれを繋いだ道筋である。
※■は各国の国府所在地を示す。
※本書で取り上げたものには⬭をつけた。

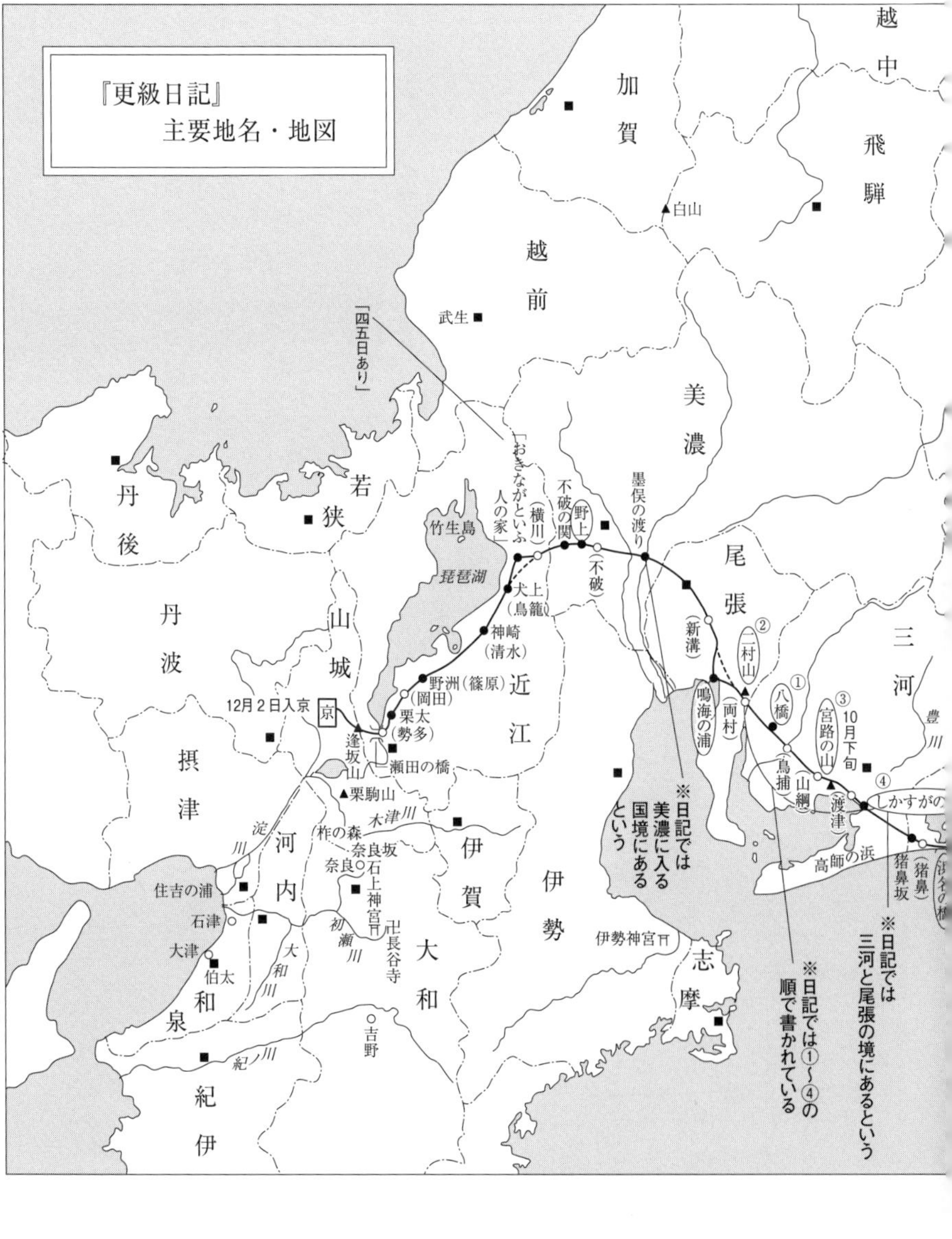
『更級日記』
主要地名・地図
越中
加賀
飛騨
白山
越前
武生
「四五日あり」
美濃
若狭
丹後
竹生島
「おきながといふ人の家」
(横川)
不破の関
野上
(不破)
墨俣の渡り
尾張
琵琶湖
犬上
(鳥籠)
神崎
(清水)
(新溝)
②
二村山
三河
丹波
山城
野洲(篠原)
(岡田)
近江
鳴海の浦
(両村)
①
八橋
③
宮路の山
10月下旬
豊川
12月2日入京
京
栗太
(勢多)
逢坂山
瀬田の橋
(鳥捕)
(山綱)
(渡津)
④
しかすがの
摂津
栗駒山
※日記では美濃に入る国境にあるという
淀川
木津川
杵の森
奈良坂
伊賀
奈良
石上神宮
高師の浜
猪鼻坂
(猪鼻)
河内
住吉の浦
石津
伊勢
初瀬川
長谷寺
大和
大津
伯太
大和川
伊勢神宮
志摩
※日記では①～④の順で書かれている
※日記では三河と尾張の境にあるという
和泉
吉野
紀ノ川
紀伊

はじめに

歴史のリアルな感じ方

リアルな歴史がほしかった。近代社会は史実（事実）に価値を置く社会だがら、学校で学ぶ歴史はそういう歴史である。一つ一つの事象、それが繋がるおもしろさはあるが、その歴史はいつも私とかけ離れているように感じていた。

たとえば戦争はわかりやすい。

一九四五年（昭和二十年）「ポツダム宣言受諾《じゅだく》が決定され、八月十四日、政府はこれを連合国側に通告した。八月十五日正午、天皇のラジオ放送で戦争終結が全国民に発表された」（『詳説日本史　改訂版』山川出版社、二〇一七年）。

日本は第二次世界大戦に負けた。第二次世界大戦終結後、ソ連軍は日本軍人らをシベリア等に移送し、強制労働に従事させた。ＧＨＱはシベリアの日本人引揚げ対象者は七十万人とし、一九五〇年（昭和二十五年）までに四十七万人が帰還した（藤原彰氏執筆『国史大辞典』）。各地に移送され、亡くなった人は全体で七万人といわれる（若槻泰雄氏執筆『日本大百科全書』）。そう学んだだけではリアリティがなかった。しかし同居していた祖父母のことを思うと、歴史は少しリアルになった。

今は亡き祖父は結婚直後に兵隊にとられ、シベリアから帰国している。祖父は何十年経った後でも時折、軍隊の点呼と思われる夢にうなされていた。そんなとき祖母は祖父のことを話してくれた。

シベリアから舞鶴に到着した祖父が最初にしたことは、おにぎりを買ってお腹いっぱい食べたことだという。その後、舞鶴で一通の電報を祖母に打ったが、お金がなくて着払いになったとも聞いた。後に「おじいちゃん、お金がないのにどうやって帰ってきたの？」そう問うた時、祖父は「戦争帰りだからね、見ればわかるだろう、それで列車にもただで乗せてもらえるんだ」と言った覚えがある。

私の記憶では、祖父が列車を乗り継いで帰ったのは家を守っている祖母、そして祖母を手伝いに来ていた祖父の母が待つ東京の町屋ではなく、埼玉の熊谷にある祖母の実家だった。結婚後まもなくして別れた祖母がここにいると思ったのだろう。「ぼろぼろの格好で、靴もぼろぼろで、最初は人か、何が立っているのかわからなかったよ。でもよくよく見たらおじさんだったんだ」とおじは言っていた。「『おじさんが帰ってきた！おじさんが帰ってきた！』もうみんな大騒ぎだったね。そしたら裏のおばさんが駆けてきて、『うちの息子を知らないか、どこかで見なかったかって』おじさんに何度も何度もすがりつくんだ。するとまた息子の写真を持ってきて『よく見てくれ。この子なんだ』って言ってね」。

無事に帰り、熊谷で祖母と再会したものの、祖父はひどい高熱にうなされた。祖母は言った。「私の父親がね、『せっかく帰ってきたんだ、このまま殺しちゃかわいそうだ。生かしてやれ』って言ってね。

それでお金になるものをかき集めて、私の兄の伝《つて》でペニシリンを買ったよ」。

そうして祖父母は町屋に戻った。四人の子どもをもうけたが、その一人が私の父である。「おじいちゃん、どうして生きて帰ってこられたの？」という孫の問いに、祖父は運がよかったと話した。

私が大学生の時、祖父は認知症になり、ひどくうなされるようになった。現《うつつ》でも「ロスケ！」「一、二、三！」と大声で叫び、時には「そこに敵がいる！」と暴れることがあった。「誰もいないよ」となだめても鎮まらないので、「本当だ！でもおじいちゃん大丈夫だよ、私がやっつけてあげるからね！」というと、祖父は落ちついた。

そんなある日、祖父は家から出ていってしまった。出ていった祖父を最初に見つけたのは私だった。祖父ははじめ、私が誰だかわからなかった。名前を伝えると「久美子か…」と、はっと気づいた穏やかな表情を見せた。しかしその次には、がらっと表情が険しくなり、「おじいちゃんは遠いところへ行く。死にに行く。ここにバナナだってあるぞ！お金だってあるんだ！」と強い口調でいった。祖父の取り出した一本のバナナと三千円。それは居間に置いてあっただろうバナナと、家族が何かあったときのためにと首に掛けておいた財布の中身だった。

「だから、どんなに遠いところへでも行けるんだ！」

とにかくショックで涙が溢れた。帰ろうと言っても、死にに行くといってきかなかった。その場にどのくらいいたのか、他にどんな言葉をかけたのか覚えていない。でも祖父と一緒に、遠回りをしながら家に向かってゆっくり歩いていたことだけは鮮明に覚えている。

こういう祖父母を通した体験の一つ一つによって、戦争や戦後はリアルに感じられるようになっていった。

歴史のリアルさといっても、おそらく二種ある。一つは目の前で起こっている出来事がほんとうに起こっていると、自身で確認できることによるリアルさである。もう一つは自身では確認しえない過去の出来事に対して、たとえば戦争という出来事において、祖父母を通じて感じるリアルさである。祖父母の話や祖父の姿がなにか真実を語っていると感じられたからである。するとこの歴史のリアルさは個別的なものでしかない。個別的にしか感じられないリアルさを他の人と共有する方法はないのだろうか。

文学は個別的な事象（体験）を誰でもが心の奥底で感じられる思いとして普遍化させる場合が多い。そこで私は文学にリアルな「歴史」を求めた。博士論文『歌が語る歴史――歌謡から読み解く「古事記」そして万葉歌へ』（二〇一七年）はその取り組みである。この場合の歴史は伝承的な面が色濃く、教科書に書いてあるようなものではないが、歌から『古事記』の歴史を論じたのである。歌には散文では見られないことが多く語られている。そして歌は天皇とその周辺の、ほんの一握りのいわゆる権力者のものだが、うたい手の心の表現として（ただしいわゆる抒情詩だけを「心の表現」といっているのではない）、人の心に添ったり、新しい文化の展開を見せてくれている。いつの時代も社会やいわゆる歴史からぼろぼろ落ちていく人や心があり、それを掬い上げるのが文学の働きの一面であるから、歌はそうしたものを掬い上げているといってもいい。それは「歌が語る歴史」のリアルさでもあった。

母方の祖父はもう四十年以上毎日、日記をつけている。家に誰が来たか、何をいくらで買ったかなど、家にとって大切なことを書くという。もし父方の亡き祖父母が日記を残してくれていたら、先の個別的な体験をリアルな歴史として共有することができたかもしれない。私にとって歌と日記は両者ともリアルな歴史を導くものとして同じレベルで捉えることができるような気がしている。

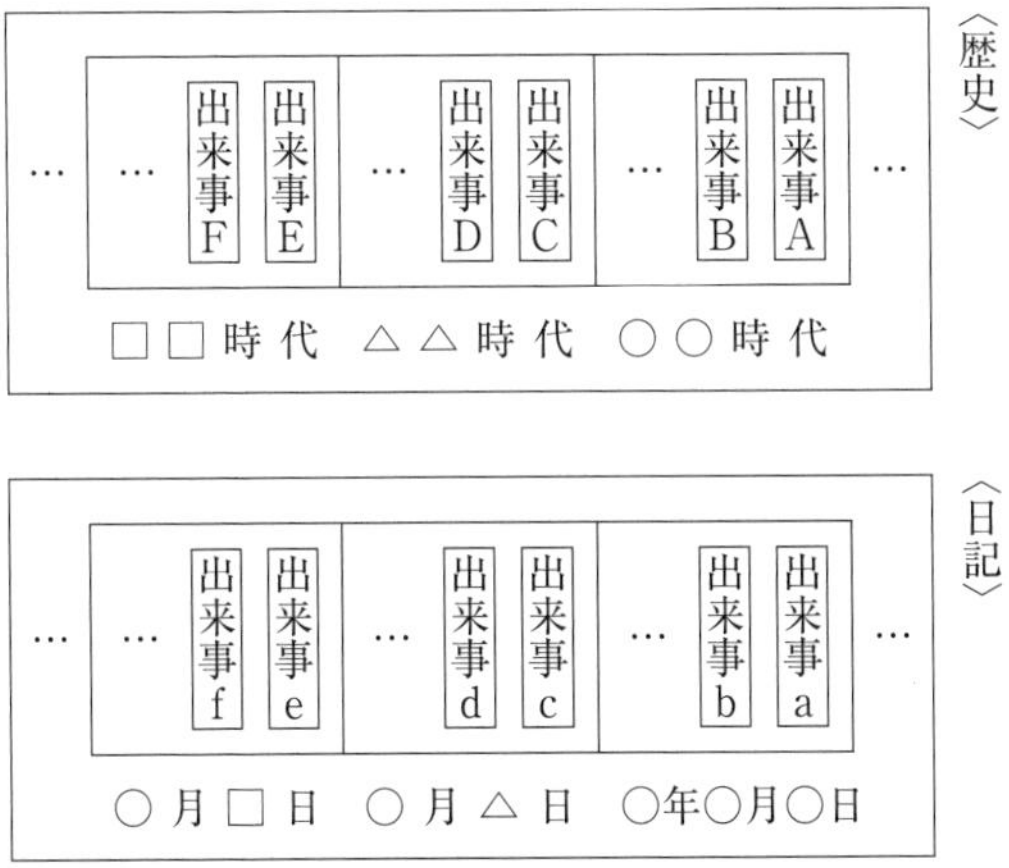

歴史と日記

「歴史」と一言にいってもいろいろある。個人の歴史、家の歴史、町の歴史、県の歴史、日本の歴史……日本の歴史でも政治史、経済史、文学史、芸能史などがある。伝承を歴史とする場合もある。このように歴史にはいろいろのレベルがあるが、ひとまずここでは日本の総合的な歴史を念頭におくことにする。

日本の場合、総合的な歴史はある天皇の時代（和暦）が連なって一つの時間軸を形成している。日記もまた一つの時間軸をなしている。

上図のように並べてみると、両者の時間の流れの構造は同じように見える。しかし日記には始まりと終わりがある。それも恣意的にである。それに対して歴史は、恣意的に始まりと終わりを設定することはできない。ある天皇の時代が亡くなった時や退位した時など時代の節目はできるが、総合的な歴史の終わりはいつも「今」である。それゆえ歴史の時間軸は日記に比べてずいぶん長い。

たとえば奈良時代頃に家猫が渡来したと語られる（千葉徳爾氏執筆『国史大辞典』）。確かにこれは歴史である。家猫の渡来という起源は一つの出来事でしかないが、「奈良時代」と示されることによって、それが「飛鳥時代」と「平安時代」の間の「奈良時代」という、現代に至る時間軸に位置づけられてはじめて歴史になるのである。つまり一つの出来事そのものは歴史にはならない。日記も同様である。日記に記される一つの出来事は、一つの出来事でしかない。日付によって歴史上の時間軸に位置づけられてこそ、日記は歴史に参与することができる。その意味で日記が「日記」であるには、歴史の時間軸、日本の場合は基本的に和暦（日付）が必要である。

日本の正史（六国史）は仁和三年（八八七）八月の『日本三代実録』の記述をもって断絶する。松薗斉氏はその代わりになったのが「王朝日記」であるという「発生」説が研究史的に見て「長く通説的位置をたもっている」と述べている（『王朝日記論』法政大学出版局、二〇〇六年）。正史の代わりになったのが、個人の書いた漢文日記だったのである。

個人の書いた漢文日記が正史の代わりになりうるのは、貴族たちが国家の一機関である各役所における政務や行事、儀式などを行うことが国家運営に参与することであり、それが日記として書かれることで、日記は一部であるにしろ、国家の記録になるからである（古橋信孝『平安期日記文学総説』臨川書店、二〇一八年）。それらが集められ、整理されたものは正史となりうる。一方で漢文日記にはたとえば自身の子どもが病気になったことや選定した和歌が気にくわないことなども書かれている。これは政務や儀式のことを直接的に書くことに比べれば、私的であり、実情っぽい。そこにリアルさが感じられる。こういう私的な面から書かれる日記がひらがなの日記である。

私的な面から書かれるひらがな日記のはじまりは平安時代にある。このひらがな日記からもリアルに歴史を感じられるのではないか。それは文学から見る歴史である。本書ではその歴史を『更級日記』から探ってみたい。

序章　『更級日記』へ

一、『土佐日記』―漢文日記を「ためし」にする―

「天皇・貴族の日記が九世紀末～十世紀に入って突然出現する」（松薗前掲書）。これは個人の書く漢文日記である。私的な側から書く個人のひらがなの日記は十世紀半ばの『土佐日記』からはじまる。それは次のように書き出される。

男もすなる日記《にき》といふものを、女もしてみむとてするなり。

男もするという日記を女の私も書いてみようといっている。『土佐日記』は『恵慶《えぎょう》法師集』（一九二）に「つらゆきが土佐の日記を」とあることなどから、『土佐日記』の書き手は紀貫之でほぼ間違いないと考えられているが（新全集『土佐日記』解説）、書き手は女の、基本的には土佐の国司の妻の立場で女手（ひらがな）で書くことを述べているのである（古橋前掲書）。要するにこの書き出しは、男の漢文日記を先例、和語でいえば「ためし」としてひらがなの日記を書くことを宣言しているのである。

では男の漢文日記とはどのようなものだろうか。

男の漢文日記

道長の祖父にあたる藤原師輔《もろすけ》（九〇八〜九六〇）は『九条殿遺誡』（家訓）を残しており、日記に関わる事項が次のように書かれている（山本眞功編註『家訓集』平凡社、二〇〇一年）。

夙《つと》に興《お》きて鑑に照らし、先づ形体《けいてい》の変を窺へ。次に暦書《れきしょ》を見て、日の吉凶を知るべし。年中の行事は、略件《ほぼくだん》の暦に注《しる》し付け、日ごとに視、次で先づその事を知りて、兼ねてもて用意せよ。また昨日の公事《くじ》、私に心に得ざること等のごときは、忽忘《こつぼう》に備へむがために、また聊《いささか》に件の暦に注し付くべし。ただしその中の要枢の公事および君父所在のこと等は、別にもてこれを記して後鑑に備ふべし。

「起床して鏡で容貌に異変がないか調べよ。次に暦書を開いて「日の吉凶」を確かめよ。年中行事は予め暦に記しておいて毎日見て、今日がどういう日かを知り、予めその準備をせよ。また昨日の公事や得心できないことなどは忘れないように暦に書き記せ（暦記）。ただしその中の要枢の公事や天皇、父のことなどは別に記して後に備えよ（別記）」というのである。「得心できないこと」というのは政務や儀礼などにおいて見解が分かれた場合のことをいっている（倉本一宏氏ご教示）。

右は日課としての心構えを述べていることからもわかるように、漢文日記は基本的に毎日書くものといえる。土田直鎮氏は、このように日記することは「儀式作法を覚えるためにも、また、のちになってなにか似たような行事がおこなわれるときに、あのときはどうだった、こうだったと先例として参考にするためにも、きわめて有効な手段」であり、「自分の書いた日記は、自分がのちになって利用するだけではなく、子孫に伝えられ、かつてのうるわしい作法を記した貴ぶべき書物として珍重され、後世の人々の手でありがたく筆写され、引合いに出される」と述べている（『王朝の貴族』中央公論新社、一九七三年）。実際、師輔の日記である『九暦』にも「古日記」に依ったこと（天慶七年〈九四四〉十月十一日）や「先例」に従ったことがしばしば見られる。また漢文日記は日付を伴って毎日の出来事が書かれるが、それは『九条殿遺誡』にある通り、基本的に公的なものである。

以上のように男の漢文日記は、①日付とともに基本的に毎日、②公的な出来事を記録し、③先例としてあるものといえる。

『時範記』と『土佐日記』

『土佐日記』はそうした漢文日記のどのような面を「ためし」（先例）としたのだろうか。

古橋信孝氏は漢文とひらがなの文体をそれぞれ「漢文体」「ひらがな体」と呼び、その基本的な原理を次のように図式化している（『日本文学の流れ』岩波書店、二〇一〇年）。

漢文体　――男――公的――国際的――文語体
⇔
ひらがな体――女――私的――地域的――口語体

「漢文体」は、漢字が「男手」と呼ばれる（『うつほ物語』「国譲上」）ように男の文体で、「公的」な性格をもっている。また外国にも通じる点で「国際的」であり、それは文語体である。一方「ひらがな体」は、仮名が「女手」といわれる（同）ように女の文体で、より「私的」な性格をもつ。また「漢文体」より「地域的」（日本的）で、それは口語体である。

この原理を念頭に置いて、漢文日記とひらがなの日記（『土佐日記』）を比較してみる。漢文日記として取り上げるのは、『土佐日記』と同様、平安時代の国司の赴任を記録している『時範記』である。『土佐日記』は国司一行の帰路を記しているので、『時範記』の帰路と比較すべきであるが、漢文日記とひらがなの日記の相違を掴むため、ここでは詳細のよりわかる往路との比較をすることにする。

『時範記』では承徳三年（一〇九九）二月九日が出発の日で、十五日に目的地である因幡国に入境している。最初の四日を引く。当然史料は原漢文だが、わかりやすいように書き下した（書き下しは森公章『平安時代の国司の赴任』臨川書店、二〇一六年によった）。

九日壬午。辰剋、山城介頼季の宅に向かふ。此の家より出門すべきの故也申の方の門なり。巳剋、前少将・信濃権守・相模守・参河権守・進蔵人来らる。聊か小餞を羞《すす》む。同剋、丹後守進発す。しばらくありて大炊頭光平来臨す。反閇すべきに依れば也丹州と相ひ兼ぬ。次いで出門す。陰陽師前に在り。次いで下官、宿袍薄色の指貫にて笏を取りて深沓を着し、前に在り。乗馬黒毛、傍に在り。弁侍、予の後に在り。反閇す。了りて参河権守、禄女装束一具を取りて光平に与ふ。次いで申の方の門より出づ。神宝は前に在り小櫃二合、柄有り。荷丁一人、退紅色の狩衣・襷等を着してこれを持つ。行事時兼、前行す。共(供)人并びに送る人々あり。進蔵人、相送らる。次いで弁侍、次いで下官、次いで馬を引く武士。大宮より南に行き、六条より西に折れ、朱雀より南に行き、七条より西に行く。西七条の辺にて衣冠を撤して布衣を着す。今日出門し直ちに以て進発する也。未剋、山埼に宿す。八幡別当、餞を設く。また入夜来臨し、予の馬、是より先にまた馬一疋を送る也。

十日癸未。辰剋、進発す。申剋、摂州武庫郡河面御《かわものみ》牧《まき》の司の宅に宿す。摂津守、馬・酒肴等を送り、兵衛大夫行季、酒を送る。

十一日甲申。辰剋、進発す。申の斜《ななめ》、播磨の明石駅家に着す。国司、饗餞・菓子・荳秣《すうまつ》を儲けらる。京書に云く、今日列《れ》見《けん》延引す。参議無きに依る也。また云く、近衛府の使左少将有家朝臣、代官を申すと云々。中宮の使は大進為隆と云々。

十二日乙酉。早旦、国司の使少監物清経を召して馬一疋を賜ふ。饗応の為め也。辰剋、進発す。未剋、高草駅家に着す。国司、鋪設し、粮米・荳秣等を儲けらる。今日寒風懍烈にして、軽砂坐飛せり。入夜、国司、馬一疋を送らる。

九日の午前八時頃、山城介の頼季の家へ向かい、この家（南西の門）から出立するという。午前十時頃、前の少将、信濃権守、相模守、参河権守、進蔵人が来て小宴を行っている。そして門出をする。反閇《へんばい》（出立にあたり邪気を祓う儀式）を行うため、陰陽師である賀茂光平が来ている。陰陽師の後に、時範、弁侍と続く。時範は宿袍薄色の指貫に笏を取って深沓を履いており、乗る黒馬は傍らにある。時範の後ろの者たちも反閇の儀式を行い、終わると参河権守が禄女装束一具を光平に与える。

次いで南西方の門より出る。一番前に神宝それは小櫃二合で、柄があるがあり、一人の荷丁《かちょう》が退紅色の狩衣、襷等を着て神宝を持っている。行事である時兼が前行し、供人や送る人々がいる。進蔵人、次いで弁侍、時範、馬を引く武士と続き、大宮より南に行き、六条より西に折れ、朱雀より南に行き、七条より西に行くという。西七条の辺りで正装である衣冠を脱ぎ、布衣を着ている。

十日は午前八時に出発、夕方四時頃、摂津国武庫に着いている。摂津守が馬と酒肴を、兵衛大夫行季も酒を贈っており、供給を得ていることがわかる。十一日は午前八時に出発、夕方四時すぎ、播磨国明石に到着し、播磨の国司が饗餞、菓子、蒭秣《すうまつ》（馬の飼料）を贈っている。この日は「京書」とあって、京から届いた書状の内容が書かれている。朝廷の位階昇進のための手続きの儀礼（列見）が延引になったというのである。森公章氏は任国下向から帰参した際に、すぐに日常業務に復帰できるよう都の動向や事務の進捗が書かれていると考えている（前掲書）。十二日は出立前、昨日の御礼として播磨国司からの使者に馬一疋を贈っている（国司へは十三日に馬が贈られている）。その後午前八時に出発し、午後二時頃、高草の駅家に到着している。ここでも播磨の国司によって粮米・蒭秣等が準備され、さらに夜には馬一疋が贈られている。贈り物を通じたやり取りが見られる。また儀式や任務以外の記述として「今日寒風憟烈にして、軽砂坐飛せり」（今日は寒風が激烈であって、軽砂が飛来していた）とある。

『時範記』はこのような具合で毎日の出来事が記される。次に『土佐日記』の出立の場面を引いてみる。

それの年の師走の二十日《はつか》あまり一日《ひとひ》の日の、戌《いぬ》の時に門出す。そのよし、いささかにものに書きつく。

ある人、県《あがた》の四年《よとせ》五年《いつとせ》果てて、例のことども皆し終へて、解由など取りて、住む館より出《い》でて、船に乗るべきところへわたる。かれこれ、知る知らぬ、送りす。年ごろよくくらべつる人々なむ、別れがたく思ひて、日しきりにとかくしつつ、ののしるうちに夜更けぬ。

二十二日に、和泉の国までと、たひらかに願《ぐわん》立つ。藤原のときざね、船路なれど馬のはなむけす。上《かみ》、中《なか》、下《しも》、酔《ゑ》ひ飽きて、いとあやしく、潮海のほとりにてあざれあへり。

二十三日。八木のやすのりといふ人あり。この人、国にかならずしもいひ使ふ者にもあらざなり。これぞ、たたはしきやうにて、馬のはなむけしたる。守《かみ》がらにやあらむ、国人の心の常として、いまはとて見えざなるを、心ある者は恥ぢずになむ来ける。これは、物によりて褒むるにしもあらず。

二十四日。講師《こうじ》、馬のはなむけしに出《い》でませり。ありとある上《かみ》、下《しも》、童《わらは》まで酔《ゑ》ひしれて、一文字《いちもんじ》をだに知らぬ者、しが足は十文字《じふもんじ》に踏みてぞ遊ぶ。

二十五日。守《かみ》の館《たち》より、呼びに文持て来たなり。呼ばれて到りて、日《ひ》一日《ひとひ》、夜《よ》一夜《ひとよ》、とかく遊ぶやうにて明けにけり。

二十六日。なほ守《かみ》の館《たち》にて、饗宴《あるじ》しののしりて、郎等《らうどう》までに物かづけたり。漢詩《からうた》、声あげていひけり。和歌《やまとうた》、主《あるじ》も客人《まらうど》も、こと人もいひあへりけり。漢詩《からうた》はこれにえ書かかず。和歌《やまとうた》、主《あるじ》の守《かみ》のよめりける、

都出《い》でて君に逢はむと来《こ》しものを来《こ》しかひもなく別れぬるかな

となむありければ、帰る前《さき》の守《かみ》のよめりける、

しろたへの波路を遠く行《ゆ》き交《か》ひて我に似べきは誰《たれ》ならなくに

こと人々のもありけれど、さかしきもなかるべし。とかくいひて、前《さき》の守《かみ》、今のも、もろともに降りて、いまの主《あるじ》も、前《さき》のも、手取りかはして、酔《ゑ》ひごとにこころよげなることして、出《い》で入《い》りにけり。

某年の十二月二十一日、午後八時頃に門出をし、「ある人」（国司）が解由状（国司交替に伴う事務の引き継ぎ）なども受け取り、出航する港へ出たとある。『時範記』と同じように日付と時刻が書かれている。解由状を受け取るという国司の任務に関わることも記されている。しかしこのようなことは本来、国司かそれに関わる役人の書くことである。書き手は女性（国司の妻）であり、書き手の視点が定まっていないこともあるが、わざわざこうしたことを書くのは漢文日記を意識しているからに違いない。

『時範記』にも他国の国司とのやりとりが見られた。一方、親しくしていた人々が次々に見送りに来て別れの気持ちなどを交わしているうちに、一日経ってしまったとある。こうしたざわざわした雰囲気や、別れがたく思う私的な心情は『時範記』にはない。

二十二日はひとまず和泉国まで無事に着けるよう、安全祈願（儀礼）をしている。先の『時範記』でも出立の折、安全祈願の儀礼といいうる「反閇《へんばい》」をしたことが書かれていた。また「藤原ときざね」が船路の旅であるのに「馬のはなむけ」（別れの宴）をすると洒落をいっている。別れの挨拶に来た人物の記述は『時範記』にもあった。「藤原ときざね」は国府の役人ではないかといわれているが、『土佐日記』に固有名詞で登場する人物は脇役のみという指摘がある（新全集頭注）。そして身分の上中下の人々が皆酔っ払って、海のそばで「あざれ」合って遊んでいると書かれている。「戯《ざ》れ」と「鯘《あざ》れ」（腐れ）が掛けられ、海の塩分で腐るはずがないのに、腐った魚類が打ち上げられたように泥酔してふざけ合っているという諧謔表現である（新大系脚注）。このような洒落、諧謔表現は『時範記』にはない。

二十三日は国庁でそれほど重く用いたのではない「八木のやすのり」が来て、立派に餞別をするという。前国司の人柄のためか、心ある者は挨拶に来ると褒めている。二十四日は国分寺の住職がやって来たとあり、ここでも身分の上の者、下の者、童までが酔っ払って、千鳥足になっていると書いている。「一」という文字も書けない者がそのように千鳥足になって「十」の文字を書いていると洒落ている。二十五、二十六日は新国司の館で接待を受け、別れの宴（儀礼）をしている様子が記されている。『時範記』でも出立の際に別れの宴が開かれたことが記されていた。二十六日に「漢詩はこれにえ書かず」

とあり、代わりに和歌が記録されている。ひらがなの日記は和歌を書くもので、漢詩は書かないということが意識されているのである。

漢文日記を「ためし」（先例）にする

『土佐日記』が漢文日記と共通しているのは、まず毎日の出来事が書かれていることである。ただし「毎日書く」といっても、問題は、土佐から京までの五十五日間、一日も欠けることなく、日付のもと書かれていることである。そういう意味で「毎日書く」といっている。その一部を見れば、一月、土佐国の大湊港において、

五日　風波やまねば、おほ同じところにあり。人々、絶えず訪《とぶら》ひに来《く》。
六日　昨日のごとし。

とあり、また同月別の港で、

二十三日　日照りて、曇りぬ。このわたり、海賊の恐れあり、といへば、神仏を祈る。
二十四日　昨日の同じところなり。

と見られる。特に六、二十四日は書く内容がないのにわざわざ書いている。これは漢文日記が基本的に毎日書かれることを「ためし」（先例）にしているからに違いない（漢文日記の特徴①）。それもこの書き方はまるで具注暦に書き付けたかのようである（古橋前掲『平安期日記文学総説』）。また書き出しの日付は、「それのとしのしはすのはつかあまりひとひのひ」と「ひらがな体」で書かれているのに対し、日記の本文の日付はすべて漢字で書かれていることも漢文日記を意識しているといえる。他に共通するのは、先に見たように、国司の任務、別れの挨拶に来た人物、旅の安全祈願（儀礼）、別れの宴（儀礼）など、具体的な記述内容である。これらの記述は基本的に公的なものにあたり、漢文日記を「ためし」（先例）にしたというのは、いささか強引かもしれないが、漢文日記を意識しているとはいえるだろう。

ひらがなの日記文学として

しかし『土佐日記』はひらがなの日記を書こうとしている。古橋氏は日記が「日記文学」として成立するには、はじめと終わりの時間設定とテーマが必要であり、『土佐日記』は時間設定のある旅をテーマにしたと述べている（前掲書）。具体的な記述としては、先に見た通り、洒落（言葉遊び）や和歌を書いていることが挙げられる。ざわざわした雰囲気や人が酔っている描写など、人間の様子や別れがたく思うという私的な感情も書いている。そう書けたのも「ひらがな体」ゆえである。

最後の場面にも、

家に至りて、門《かど》に入るに、月明ければ、いとよくありさま見ゆ。聞きしよりもまして、いふかひなくぞ毀《こぼ》れ破れたる。家に預けたりつる人の心も荒れたるなりけり。中垣こそあれ、一つ家のやうなれば、望みて預かれるなり。さるは、たよりごとに、物も絶えず得させたり。今宵、「かかること。」と、声高にものもいはせず。いとはつらくみゆれど、志はせんとす。

とある。留守の間、家の管理を自らかって出てくれたのは隣人だった。それゆえ土佐から折々に品物を送っていたが、帰京して家に着くと自分の家が荒れている。文句も言いたいのに我慢してお礼を渡すという。この場面は私的な心情から出来事が記されてる。このように私的な面から出来事を書くのも、「ひらがな体」でこそ可能なのである。

以上を再び簡単に整理しておけば、次のようになる。

▼『土佐日記』が漢文日記を「ためし」にした（意識した）こと
〈日記のスタイル〉日付とともに毎日書く（その日の出来事を記録する）
〈具体的な記述内容〉国司の任務、別れの挨拶にきた人物、別れの宴（儀礼）、旅の安全祈願（儀礼）など
＝公的なこと

▼ひらがなの日記（日記文学）としての『土佐日記』

〈日記のスタイル〉　テーマと時間設定、私的な面から出来事を書く
〈具体的な記述内容〉　和歌、洒落（言葉遊び）、人間描写、私的な感情など　＝私的なこと、地域的（日本的）なこと

ひらがなの日記は漢文日記より「私的」な面が色濃い。先に見たように、出来事が私的な面から書かれる。それゆえ漢文日記が「公的な出来事を記録する」（漢文日記の特徴②）に対して、ひらがなの日記は「私的な面から出来事を書く」といえる。

二、『蜻蛉日記』―人生の「ためし」として日記を書く―

『土佐日記』の書き出しは、男の漢文日記を「ためし」（先例）としてひらがなの日記を書くと宣言していたが、この書き出しは『土佐日記』以降、ひらがなの日記が書かれることを意識していると思われる。これは漢文日記の特徴③「先例となる」にあたるが、『土佐日記』はどのような「ためし」（先例）となったのだろうか。

『土佐日記』の次に登場する『蜻蛉日記』は以下のように書き出される。

かくありし時過ぎて、世の中にいとものはかなく、とにもかくにもつかで、世に経《ふ》る人ありけり。

かたちとても人にも似ず、心魂《こころだましひ》もあるにもあらで、かうものの要にもあらであるも、ことはりと思ひつつ、ただ臥し起き明かし暮らすままに、世の中に多かる古《ふる》物語のはしなどを見れば、世に多かるそらごとだにあり、人にもあらぬ身の上まで書き日記《にき》して、めづらしきさまにもありなむ、天《てん》下《げ》の人の品高きやと問はむためしにもせよかし、とおぼゆるも、過ぎにし年月ごろのこともおぼつかなかりければ、さてもありぬべきことなむ多かりける。

『蜻蛉日記』の書き手はただなんとなく毎日を過ごしながら、世間に広まっている古物語の端々をのぞいてみれば、「そらごと」（嘘）が多く、そうした作りごとさえもてはやされるのだから、人並みでない私の身の上を日記として書いたら珍しく思われるだろう、身分の高い人との実際の結婚生活はどのようなものかと問われたら、この日記を「ためし」（先例）にでもしてほしいといっている。つまり書き手は「古物語」の「そらごと」に対して、事実を書く日記を意識的に選んでいるのである。そして漢文日記は先例（「ためし」）を書くものだが、このひらがなの日記も「ためし」（先例）として書くことを明言しているのである。

古橋氏は土佐から京への旅という時間の限定とテーマを設定し、毎日書かれた『土佐日記』を受けて、『蜻蛉日記』は兼家との結婚生活をテーマにし、基本的に二人の関係に記述を絞ることによって「毎日記す日記」ではなく、書く日、書く記述を選択した日記にしたと述べていた（前掲『平安期日記文学総説』）。『蜻蛉日記』は『土佐日記』のテーマ設定を倣い、日記の記述は選択するという独自の方法をとったのである。本書の視点で捉え返せば、『蜻蛉日記』はこの二つの点を「ためし」(先例)にしたということである。後者の点についていえば、毎日日記を書いていれば当然、特別なことがない日もあり、焦点はぼやけることになる。実際『土佐日記』は旅というテーマがあれど、焦点が定まっていない。そういう日記を『蜻蛉日記』は克服したのである。ただし『蜻蛉日記』は兼家との関係に焦点を絞って書いたゆえ、物語のようになっていった。

『蜻蛉日記』の後、『和泉式日記』と『紫式部日記』が書かれる。『和泉式部』は『蜻蛉日記』を受けて物語的な方へ叙述が向かった。そして『紫式部日記』は断片的なものだが、記録の側に向かった(古橋前掲『日本文学の流れ』)。

では次の『更級日記』はどのような方向に向かったのだろうか。『更級日記』はそれ以前のひらがなの日記をどういう「ためし」としたのだろうか。何を書いたのだろうか。何が書けただろうか。

第一章　紀行文へ

一、書き出しの読み

あづま路《ぢ》の道の果てよりも、なほ奥つ方《かた》に生《お》ひ出《い》でたる人、いかばかりかはあやしかりけむを、いかに思ひはじめけることにか、世の中に物語といふもののあんなるを、いかで見ばやと思ひつつ、つれづれなる昼間宵居《よひゐ》などに、姉、継母《ままはは》などやうの人々の、その物語、かの物語、光源氏のあるやうなど、ところどころ語るを聞くに、いとどゆかしさまされど、わが思ふままにそらにいかでかおぼえ語らむ。いみじく心もとなきままに、等身に薬師仏を造りて、手洗ひなどして、人まにみそかに入《い》りつつ、「京にとく上げ給ひて、物語の多くさぶらふなる、あるかぎり見せ給へ」と身を捨てて額《ぬか》をつき祈り申すほどに、十三になる年、のぼらむとて、九月《ながつき》三日門出して、いまたちといふ所に移る。

『更級日記』はこのように書き出される。その冒頭は『蜻蛉日記』のそれと同じ書き方である。

『更級日記』……あづま路の道の果てよりも、なほ奥つ方に生ひ出でたる人
『蜻蛉日記』……かくありし時過ぎて、世の中にいとものはかなく、とにもかくにもつかで、世に経《ふ》る人

両者ともに自分のことを「～人」といっているが、これは「ひらがな体」（ひらがなで書かれた）の日記文学の序文において自分を紹介するスタイルである（古橋前掲『平安期日記文学総説』）。それゆえ「一人称」といっていいくらいだ。(1)『土佐日記』の「男もすなるといふ日記を女もしてみむとてする」この「女」もそうである。

生ひ出でたる人

書き手は「一人称」で、自分が「あづま路の道の果てよりも、なほ奥つ方に」生まれ育ったと自己紹介している。諸注釈が述べるように、事実をいうならば書き手は十歳頃、父親が上総介として赴任するのに伴って下ったのである。上総国は「親王任国《しんのうにんごく》」といって、親王が「守」（太守）に任じられたので、実際下向するのはその下の「介」であった。三角洋一氏は女子は三～五歳で袴着を迎えた後、七歳前後から身を入れて習いごとを始めると述べている。(2)ならば書き手は京で幼少期を過ごす中、教育を受けていたはずである。しかしそのようなことは一切記されていない。

今「生まれ育った」と述べたが、「生《お》ひ出《い》づ」とは素直にとれば「生まれ出た」という意味である。そこで用例を確認すれば、『源氏物語』（澪標）には「腹々に御子どもいとあまた次々に生ひ出でつつ……」とあり、「生ひ出づ」が生まれ育つことを意味しているとわかる。一方『うつほ物語』（俊蔭）に「その子、心のさときことかぎりなし。父母、『いとあやしき子なり。生ひ出でむやうを見む』とて、書《ふみ》も読ませず、いひ教ふることもなくて生《お》ほし立つるに、年にもあはず、たけ高く、心かしこし」とある。「その子」である俊蔭はたいそう利発であったので、両親も「普通の子ではない、成長するさまを見てみよう」と、わざと書物も読ませず、教え諭すこともしないで育てたところ「年にもあはず、たけ高く、心かしこし」となったのである。これは『竹取物語』の「かぐや姫」や昔話の「桃太郎」のような異常出生譚の型で、神の子であることをあらわしている。この場合、俊蔭の存在が示された上で「生ひ出づ」とあるので、「生ひ出づ」は成長することを意味するといえる。先の『源氏物語』の場合は「腹々に」とあるゆえ、生まれ育つことと解釈できるのである。用例としては育つ方に重点を置いたものが多いが、『更級日記』の場合は冒頭、何の説明もなく唐突に「……生ひ出でたる」とはじまる。あたかも「あづま路の道の果てよりも、なほ奥つ方」で生まれ育ったかのように書かれているのである。

これまで右の書き出しは、歴史史料から孝標が一〇一七年に上総介として赴任したという事実が踏まえられて読まれてきた。しかし書き出しにはそうしたことは一切記されていない(3)。ならば表現外の情報を一度捨てて、冒頭の読みに徹する必要があるのではないか。その視点に立って『更級日記』の書き出しを考えてみたい。

アヅマ

「あづま路」は本来アヅマへ行く道を意味するが、「東路に我も行きてぞ住むべかりける」（『栄花物語』「月の宴」）とあるように、広くアヅマを指してると考えていいだろう。ではアヅマとは何なのだろうか。

諸注は『古今和歌六帖』に収録される紀友則の、

　あづま路の道の果てなる常陸帯のかごとばかりもあひ見てしがな

　　［（あづま路の道の果てである常陸、その常陸帯の）ほんのちょっとだけでも逢いたいものだなあ］

を引いている。「常陸帯の」までが序で「かごと」（帯との繋がりでは「かこ」で留め具、本旨は「かごとばかり」で、ほんの少しばかり）を呼び起こしている。この場合「あづま路の道の果て」が常陸国になるので、それよりも「なほ奥つ方」が父の赴任地である上総国に当たるよう、虚構論、文飾論など諸説考えられてきた。しかしこのことこそが当該箇所に現実の地名を当てはめることの無理を示している。発想を変えてアヅマを考える必要があるのではないか。

他の空間を挙げ、アヅマを位置づけている例が『古事記』歌謡にある。

　纏向《まきむく》の　日代《ひしろ》の宮は　朝日の　日照《でる》る宮　夕日の　日翔《ひがけ》る宮　竹の根の　根足《ねだ》る宮　木《こ》の根の　根《ね》

延《ば》ふ宮　八百土《やほに》よし　い築《きづ》きの宮　まきさく　檜《ひ》の御門《みかど》　新嘗屋《にひなへや》に　生《お》ひ立てる　百足《ももだ》る　槻《つき》が枝《え》は　上《ほ》つ枝《え》は　天《あめ》を覆《お》へり　中《なか》つ枝《え》は　東《あづま》を覆へり　下枝《しづえ》は　鄙《ひな》を覆へり　上つ枝の　枝の末葉《うらば》は　中つ枝に　落ち触《ふ》らばへ　中つ枝の　枝の末葉は　下《しも》つ枝に　落ち触らばへ　下枝の　枝の末葉は　あり衣《きぬ》の　三重の子が　捧《ささ》がせる　瑞玉盞《みづたまうき》に　浮きし脂《あぶら》　落ちなづさひ　水《み》なこをろこをろに　こしも　あやにかしこし　高光る　日の御子　事の　語り言も　こをば

二十一代の天皇、雄略が長谷の百枝槻《ももえつき》の下で豊楽《とよのあかり》を催した際、伊勢国の三重の采女は槻（ケヤキとされる）の葉が杯に落ちて浮いていることに気づかず、そのまま雄略に御酒を献上してしまった。すると雄略は激怒し、采女を殺そうとした。そこで采女はこの歌をうたい、罪を許されている。

采女は「纏向《まきむく》の　日代《ひしろ》の宮」すなわち十二代天皇景行の時代の宮から檜の御門の新嘗屋の傍に立つ槻の木は、上の枝が天を、中間の枝がアヅマを、下の枝がヒナを覆い、その梢の葉が上部、中間、下部へと、それぞれの枝に触れて落ち、雄略の盃に入ったとうたっている。『常陸国風土記』（行方《なめかた》の郡）に「郡家《こほりのみやけ》の南の門《かど》に、大《おほ》き槻《つきのき》あり。その北の枝は、自づから垂れて地に触《ふ》り、還《また》、空中《そら》に聳《そび》えき」とあるように、槻の木は宇宙樹としての像をもっており、歌は天からの霊威が地上の雄略に届き、天皇の力が確固たるものになると讃えているのである。

ここには上の枝に覆われるアマ、中の枝に覆われるアヅマ、下の枝に覆われるヒナという三空間が示されている。アマは高天原を意味するが、『日本書紀』（神代）の歌に「天離《あまさか》る　鄙《ひな》つ女《め》」と見えるようにヒナは天と離れている場所、いわば地上と捉えうる。つまりアマ（高天原）――アヅマ――ヒナ（地上）という構造が見え、アヅマは高天原と地上の間の境界的な空間といえるのである。ちなみに『万葉集』においても東国世界が「鄙《ひな》」と呼ばれることはない（多田一臣「『記紀』に見るヤマトタケルの東征」『国文学　解釈と鑑賞』、二〇〇二年一一月）。アヅマはヒナと区別される空間としてある。

このアヅマ像は平安期にも生きているといえる。たとえば『伊勢物語』（九段「あづま下り」）に、

身を要なきものに思ひなして、京にはあらじ、あづまの方《かた》に住むべき国求めにとて行きけり。

とあるように、アヅマは都の文化になじめない者が求めて行く世界としてあるからである。『更級日記』の冒頭のアヅマにもそうした像が反映されているのではないか。(4) 確かに書き手は「いかばかりかはあやしかりけむ」といっている。この「あやし」を諸注は田舎びて、賤しいと解釈している。先に述べたように『うつほ物語』の主人公である俊蔭は親に「いとあやしき子」と思われており、実際教育も受けずに「年にもあはず、たけ高く、心かしこし」と、異常な成長を見せていた。だとすれば「あやし」にはその異常性すなわち畏怖の対象、神の子であるというニュアンスが含まれているといえる。「あやし」とは「不可思議な、解釈しえない物事、合理的な理由や根拠や由来のわからない事柄、あるいは合理性に反する不可解な事柄に対したときの感情をいう。（中略）古くは人知の及ばない物事に対して率直に感嘆する気持ちで霊妙・神秘の意に多く用いられた」（筒井ゆみ子氏執筆『古典基礎語辞典』）。その不可思

議さ、神秘性をいいように採れば俊蔭の例のようになるし、悪いように採れば『更級日記』の諸注のようになる。書き手が都と鄙の境界のアヅマで生まれ育ったと述べることを受ければ、「あやし」は負の意味をもって、都の文化から見ると不思議な子、変に思われる子と謙遜していることが考えられる。しかし不思議な子とは俊蔭のように畏怖の対象になるわけで、「あやし」には自負する気持ち（正の意味）があるかもしれない。

正確には、書き手は「あづま路の道の果てよりも、なほ奥つ方」で生まれ育ったと述べている。三空間としていえば、境界のアヅマであることに変わりはない。それゆえアヅマで生まれ育ったといっていい。ただし「なほ奥つ方」といっている点で「あやし」の負の意味が拡張され、畏怖が強くなるといえる。それに伴って自負の気持ちも強まることになる。

そういう書き手は今後都に出てどのような生き方をするのだろうか。「あやし」く、「あづま路の道の果てよりも、なほ奥つ方に生ひ出でたる人」が『更級日記』全体の読みに関わる可能性が高い。

物語と薬師仏――上京へ

書き手はアヅマにおいて日中の暇な時や寝床で、姉や継母たちから『源氏物語』をはじめとする物語のことを聞いて、物語に対する憧れをもったと書いている。しかし十分に語ってくれるわけではないので、等身大の薬師仏をつくり、その仏にありったけの物語を見せてくださいと一心に祈ったという。薬師仏は現世利益をもたらす仏、特に病苦を救うものとして信仰を集めたといわれる。等身大の薬師仏について『更級日記全注釈』は、『権記』（寛弘二年〈一〇〇五〉五月二十四日）に「御等身金色薬師仏十一面彩色不動尊」とある、彰子と等身大の薬師仏、十一面観音、彩色の不動尊を挙げている。一方、津本信博氏はその実態は壁面に絵筆、小刀か鋭利な小石のようなもので等身大に描いたものと推測している（『更級日記の研究』早稲田大学出版部、一九八二年）。

一刻も早く上京したいと思うその理由は、都に多くあるという物語を読むことにある。要するに都の文化がすべて物語に集約されているのである。書き手は身を清め、人に見られないよう一途に祈ったところ、十三になる年に上京することになった。やはり父親の上総介としての任期が終わったからなどとは一言も記されていない。むしろ薬師仏に一心に祈ったので、その願いかなって上京するに至ったかのように書かれている。

以上のように書き出しは都と鄙の境界的なアヅマで生まれ育ち、都文化から見れば変な子にすぎない「私」が物語を求めて都に行きたいと薬師仏に祈願し、それがかなって出立することが語られている。これから京に出立しようとする自身を語り、以降は出発から京に至るまでの旅を書いているのだから、ここまでが序にあたる部分である。確かに日付の入った日記の本文では父親が「幼かりし時、あづまの国に率《ゐ》て下りて」と記録され、本章で取り上げる「浜名の橋」でも「下りし時は黒木をわたしたりし」と、下った時の橋の様子が書かれている。これは事実を記録するという日記のスタイルである。それに対して日記の序は「日記の序」であり、記録ではない。このように自身がどう書くかの方向を示しているのである。

コラム①　「アヅマ」

『古事記』におけるアヅマの成立は、雄略より九代前、先に采女が「纏向《まきむく》の　日代《ひしろ》の宮」とうたった景行天皇の時代にある。ヤマトタケルが東国の荒ぶる神々を平定して帰郷する途中、足柄の坂本で坂の神を殺す。これで東国の平定がほぼ終わり、ヤマトタケルが「あづまはや（我が妻はああ）」といったことから「アヅマ」というようになった(注)。そして甲斐の酒折宮で「御火焼《みひたき》の老人《おきな》」と問答したので、その老人をアヅマの国造に任命する。しかしその国造は『先代旧事本紀』の「国造本紀」に見えない。アヅマは実体としては存在しない地域といえる。要するにアヅマは「東」であっても、現実のヒムガシではない。

右の景行時代のヤマトタケルの東征譚は、実は神代において草ナギの剣の起源が語られるスサノヲ神話に共通するところが多い。その類似点を整理してみる（詳細は石川「古代歌謡が語る雄略の時代」『国語と国文学』九〇巻七号、二〇一三年七月。のち博士論文『歌が語る歴史』二〇一七年）。

①スサノヲは荒々しい性格で、アマテラスと対立し、高天原から追放される。
　ヤマトタケルもその荒々しい性格ゆえ、天皇に宮から「追放」される。

②スサノヲは葦原中国に下り、オホヤマツミ（国つ神）の子であるアシナヅチとテナヅチを苦しめて

いたヤマタノヲロチ（国つ神）を退治する。
ヤマトタケルは東方に遣わされ、荒ぶる神々を征討する。
③スサノヲはヤマタノヲロチの尾から草ナギノ剣を得る。
ヤマトタケルはその「草薙の剣」の命名譚の主人公である。
④スサノヲは葦原中国の統治者にはならず、「根堅洲国《ねのかたすくに》」（黄泉国《よもつくに》）へ行く。
ヤマトタケルも地上の統治者（天皇）にはならず、「白ち鳥」となって天へ飛んでいく。

スサノヲは、アマテラスと対立し、高天原からの追放された。ヤマトタケルも兄を殺し、その荒ぶる力を父景行に疎まれ、征討を命じられている。これはまさに「追放」であった。荒ぶる性格、追放されるという共通点が①にあたる。そして②の通り、スサノヲもヤマトタケルも神を討つ。またヤマトタケルは東征を命じられた際、伊勢神宮にいる姨のヤマトヒメに「なほ、あれ既に死ねと思ほしめすぞ」（天皇である父は私のことなど死んでしまえとお思いなのです）と泣く。するとヤマトヒメは、ヤマトタケルに草ナギノ剣と火討ち石の入った袋を渡す。草ナギノ剣はヤマタノヲロチの尾から出てきたもので、スサノヲによってアマテラスに献上されたが、葦原中国への降臨に際し、アマテラスがニニギノミコトに授けた。それ以後『古事記』において草ナギノ剣の記述は、ヤマトタケルの右の場面までない。そしてヤマトタケルは焼遺《やきつ》における「草薙の剣」の命名譚の主人公である（③）。さらにヤマトタケルは天皇（支配者）になってはいない。支配者になる直前に死んでしまい、「白ち鳥」となって河内国へ、さらには天へ飛んで行ったのである。スサノヲも葦原中国に下っても支配者にはならず、「根堅洲国」という死の世界へ行く（④）。

このようにヤマトタケルとスサノヲには共通点があり、ヤマトタケルには色濃くスサノヲ神話が投影されているのである。草ナギの剣はヤマトタケルの東征に用いられ、ほぼ東征の終わった時点で「アヅマ」が成立した。その意味においてヤマトタケルの東征は、東国を神話的に位置づけることになったといいうる。その意味においてアヅマは神話的な空間なのである。

（注）注釈書の多くは『日本書紀』（景行天皇四十年是歳条）に「毎《つね》に弟橘媛《おとたちばなひめ》を顧《しの》ひたまふ情《みこころ》あり。故《かれ》、碓日嶺《うすひのみね》に登りまして、東南《たつみのかた》を望みて三《みたび》歎《なげ》かして曰はく、『吾《あ》嬬《づま》はや』とのたまふ」とあることによって、『古事記』の「あづまはや」も我が妻に対する想いと解釈する。日本思想大系『古事記』頭注は、『古事記』が鹿の目に「蒜《ひる》」（にんにく）を打ち中《あ》てたところによる「中《あ》ツ目《ま》」としていることを述べる。多田一臣氏は「中ツ目」と「我が妻」という二つの意味が込められていると捉えている（「『記紀』に見るヤマトタケルの東征」『国文学　解釈と鑑賞』、二〇〇二年一一月）。

二、旅の日記

1　門出

先の序を受けて日記の本文が始まる。

十三になる年、のぼらむとて、九月《ながつき》三日門出して、いまたちといふ所に移る。年ごろあそび馴れつるところを、あらはにこほち散らして、たちさわぎて、日の入《い》り際《ぎは》のいとすごく霧《き》りわたりたるに、車に乗るとてうち見やりたれば、人まには参りつつ、額《ぬか》をつきし薬師仏の立ち給へるを、見捨て奉る悲しくて、人知れずうち泣かれぬ。

門出したる所は、めぐりなどもなくて、かりそめのかや屋の、蔀《しとみ》などもなし。簾《すだれ》かけ、幕など引きたり。南は遥かに野の方見やらる。東《ひむがし》西は海近くていとおもしろし。夕霧立ち渡りていみじうをかしければ、浅寝《あさい》などもせず、かたがた見つつ、ここを立ちなむこともあはれに悲しきに、同じ月の十五日、雨かきくらし降るに、境を出《い》でて、下総《しもつさ》の国のいかだといふ所に泊まりぬ。庵なども浮きぬばかりに雨降りなどすれば、おそろしくて寝《い》も寝られず。野中に、丘だちたる所に、ただ、木ぞ三つ立てる。その日は雨に濡れたる物ども干し、国に立ち後れたる人々待つとて、そこに日を暮らしつ。

九月三日に門出し、「車」で「いまたち」というところに移っている。「車」は牛車《ぎっしゃ》か輦車《てぐるま》だろう（倉本一宏『「旅」の誕生』河出書房新社、二〇一五年）。この場面ではじめて日付が記されており、ここからが日記の本文である。日記の本文になれば、基本的には事実を書いていくスタイルになるはずである。今、「車」の内容に触れたように、その意味で習俗など歴史的な実態を考えることが必要な場合もある。その場合は適宜触れていく。

門出の折、長年遊び親しんできたところを「あらはにこほち散らして」と書いている。諸注は外から見透かせるように、御簾や几帳などの調度類を乱暴に取り片付けての意とする。しかし「こほつ」は壊すの意である。

このような例は他に文献に見られない。縄文時代中期の例であくまでも参考だが、関東を中心にした考古学の調査において転居、移住、死亡等の理由により住居が「廃絶」した折、土器・石器その他を含む生活財が投げ込まれる例が確認されている（山本暉久「縄文中期における住居跡内一括遺存土器群の性格」『神奈川考古』三号、一九七八年）。中期末以降は、住居の「廃絶」に伴う儀礼行為の一環として石棒を火にくべる祭祀行為が、後期以降には火入れ行為を伴う「廃屋儀礼」が活発化することも確認されるという（山本「浄火された石棒」『神奈川考古』四二号、二〇〇六年）。家を出る時の儀礼の存在がうかがえる。もちろん時代の問題があるが、「あらはにこほち散らして」というのも、住居（国司の館か）[5]を離れるときの儀礼ではないか。儀礼として成立すれば、どこか一カ所を象徴的に壊せばそれでいいのかもしれない。移動した「いまたち」の住居は塀や垣根、雨戸もない、間に合わせの仮屋であり、その南は野末までも眺めることができ、東と西側は海が近いと記している。

最初の「九月三日」の門出から十二日後、「同じ月の十五日」に国境を越えて下総国の「いかだ」という場所に移っている。もともとの住まいから一度「いまたち」に移り、二週間ほど滞在して、いよいよ京に向けて出立である。「九月三日」「同じ月の十五日」とある通り、この場面から旅の日記としての紀行文が始まるのである。

序章において『時範記』と『土佐日記』の出立に触れた。『土佐日記』では住んでいた館を出て「船に乗るべきところ」(大津)へ移り、そこで馬の鼻向け(出立する人との別れの宴)が行われ、六日後に船が出ていた。『時範記』でも行路はいったん頼季の宅に向かい、その宅から出立していた。集成『更級日記』頭注が「日の吉凶、方位等を考慮していったん他所に移り、準備を整えたうえで、改めて出立するのが当時の習わしであった」と述べているが、平安後期の『朝野群載』(巻十五)にそのひな型が見られるように、下向の日取り、出立の時間、入境、国務を掌る日時などは陰陽師によって勘申(調査答申)されたという(山下克明氏ご教示)。『更級日記』の「いまたち」という場所も、そのような「他所」だろう。そこで滞在している十二日間の間に『土佐日記』にあるような、出立に際しての饗宴が行われていた可能性がある。しかしそうしたことも一切記されていない。そしてひどい雨の中「いまたち」から出立することになるのも、陰陽師による日取りのためと考えられる。

「いまたち」を出立し、十五日に下総国の「いかだ」に泊まっている。その名にふさわしく、激しく降る雨で「庵」が浮いてしまいそうに感じられたという。野中の丘のようなところには、ただ木が三本立っていると書いてある。こうした風景が印象的だったのだろう。まるで何かを象徴しているかのような書き方で、リアルに記している。雨に濡れたものを干したともあり、旅の生活が感じられる。そしてここで一足遅れて国を発った人々を待ったともある。上京の折には全員で出発したのではなく、別れて行動していたことがわかる。後発組は後始末をしたのだろう。ここで先発組と後発組が合流した。以下旅での様子が時間に従って書かれていく。その内容は聞いた伝承、訪れた名所、風景、歌、出来事、道程という六種に分けることができる。次項以降、それらを整理して示したい。

2　伝承を書く

旅の途中でその土地の伝承を記した箇所が三つある。

①下総国の「まのの長者」

九月十七日に下総国の「いかだ」を出立したとある後、次の伝承が記される。

昔、下総国に、まののてうといふ人住みけり。疋布《ひきぬの》を千《ち》むら万《よろづ》むら織らせ、晒《さら》させけるが家の跡とて、深き川を舟にて渡る。昔の門《かど》の柱のまだ残りたるとて、大きなる柱、川のなかに四つ立てり。人々歌よむを聞きて、心のうちに、

朽ちもせぬこの川柱残らずは昔の跡をいかで知らまし

下総国の「まののてう」伝承を聞いている。「まののてう」の「てう」は「長」（「ちやう」）で長者、富豪を意味すると考えられている。その「まのの長者（豪族）」は人々に疋布《ひきぬの》（二十二メートル前後の布）を千巻きも万巻きも織らせ、晒させたという。『万葉集』東歌《あずまうた》（武蔵国の歌）に、

多摩川にさらす手作りさらさらに何そこの子のここだ愛《かな》しき　（巻十四・三三七三）

とある。さらにさらになぜこの子が恋しいのかといっているが、上二句「多摩川にさらす手作り」が序として「さらさら」（さらにさらに）を呼び起こしている。序は多摩川に手織りした布を晒して真っ白に仕上げることを表現しており、「まのの長者」伝承を思わせる。また次のような東歌（国名未勘歌）もある。

稲春けばかかる我《あ》が手を今夜《こよひ》もか殿《との》の若子《わくご》が取りて嘆かむ　（同・三四五九）

稲を舂くのであかぎれが切れる私の手を、今夜も若様が手に取って嘆くだろうかといっている。「殿の若子」とは地方豪族の若様を意味している。こうした地方豪族（長者）の伝承があったのである。

今は「まのの長者」の家の門柱が四本、川の中に残っていたとある。しかし柱だと流れてしまうだろう。よくわからない。何かを柱に見立てているのかもしれない。そこで人々が歌を詠んだという。どのような歌かは記されていないが、その歌を聞いて書き手は心の中で、今まで朽ちもしないこの川柱が残っていなければ、「まのの長者」の屋敷跡をどうして知ることができただろうと詠んでいる。この歌は次の『拾遺和歌集』（巻八・雑上・四六八）のそれと発想が同じである。

葦間より見ゆる長柄《ながら》の橋柱昔の跡のしるべなりけり

［葦の間から見える長柄の橋柱は、昔建っていた跡を知るたよりであるなあ］

有名な摂津国の「長柄の橋」を詠み込んだ歌である。曽根誠一氏は「長柄の橋」は右の歌のように昔の名残をとどめる「橋柱」の風景が多く詠まれること、「ながらふ」（長く続く）を導く序詞的用法も見られるが、朽ち果てる（朽ちてなくなる）橋として詠歌されることが多いと指摘している（『歌ことば歌枕大辞典』）。そして『拾遺和歌集』には「長柄の橋」とあるものの、書き手の歌には地名が入っていない。本来、旅の歌では地名が入るのが普通である。『拾遺和歌集』の歌の発想を学びながら、本来入るべき地名が入らなかったことは、書き手の歌が習作であることを思わせる。披露しなかったことも習作と考えていたからかもしれない。ただ歌が記されていることは、『拾遺和歌集』を真似て歌を詠むことができたという感慨があったかもしれない。

②武蔵国の竹芝寺

武蔵国では、野を分け入ったところに竹芝という寺があった。そこで、

「いかなる所ぞ」と問へば、「これは、いにしへ竹芝といふさかなり。国の人のありけるを、火焚屋《ひたきや》の火焚く衛士《ゑじ》にさし奉りたりけるに、御前《おまへ》の庭を掃くとて、『などや苦しきめを見るらむ。わが国に七つ三つ造り据ゑたる酒壺に、さし渡したる直柄《ひたえ》の瓢《ひさご》の、南風吹けば北になびき、北風吹けば南になびき、西吹けば東になびき、東吹けば西になびくを見で、かくてあるよ』と、ひとりごちつぶやきけるを、その時、みかどの御むすめいみじうかしづかれ給ふ、ただひとり御簾《みす》の際《きは》に立ち出《い》で給ひて、柱に寄りかかりて御覧ずるに、このをのこのかくひとりごつを、いとあはれに、いかなる瓢の、いかになびくならむと、いみじうゆかしくおぼされければ、御簾を押しあげて、『あのをのこ、こち寄れ』と召しければ、かしこまりて高欄《かうらん》のつらに参りたりければ、『言ひつること、いま一返《ひとかへ》り我に言ひて聞かせよ』と仰せられければ、酒壺のことを、いま一返り申しければ、「我率《ゐ》て行きて見せよ。さ言ふやうあり』と仰せられければ、かしこくおそろしと思ひけれど、さるべきにやありけむ、負ひ奉りて下るに、論なく人追ひて来らむと思ひて、その夜、瀬田の橋のもとに、こ

の宮を据ゑ奉りて、瀬田の橋を一間ばかりこほちて、それを飛び越えて、この宮をかき負ひ奉りて、七日七夜といふに、武蔵の国に行き着きにけり。

帝、后、皇女《みこ》失せ給ひぬとおぼしまどひ、求め給ふに、『武蔵の国の衛士のをのこなむ、いと香ばしき物を首にひきかけて飛ぶやうに逃げける』と申し出《い》でて、このをのこを尋ぬるに、なかりけり。論なくもとの国にこそ行くらめと、おほやけより使《つかひ》下りて追ふに、瀬田の橋こほれて、え行きやらず。三月《みつき》といふに武蔵の国に行き着きて、このをのこを尋ぬるに、この皇女おほやけ使を召して、『我、さるべきにやありけむ、このをのこの家ゆかしくて、率《ゐ》て行けと言ひしかば率て来たり。いみじくここありよくおぼゆ。このをのこ罪しれうぜられば、我はいかであれと。これも前《さき》の世にこの国に跡を垂《た》るべき宿世《すくせ》こそありけめ。はや帰りておほやけにこのよしを奏せよ』と仰せられければ、言はむ方なくて、上りて、帝に『かくなむありつる』と奏しければ、言ふかひなし。そのをのこを罪しても、いまはこの宮を取り返し、都に帰し奉るべきにもあらず。竹芝のをのこに、生けらむ世の限り、武蔵の国を預けとらせて、おほやけごともなさせじ。ただ宮にその国を預け奉らせ給ふよしの宣旨《せんじ》くだりにければ、この家を内裏《だいり》のごとく造りて住ませ奉りける家を、宮など失せ給ひにければ、寺になしたるを、竹芝寺といふなり。その宮の産み給へる子どもは、やがて武蔵といふ姓を得てなむありける。それよりのち、火焚屋に女は居《ゐ》るなり」と語る。

という。姫君はある日、庭を掃く武蔵国出身の衛士が口にした、風に吹かれて揺れている瓢箪《ひょうたん》のひしゃくに興味をもち、武蔵に連れて行ってほしいと頼んだ。男は畏れ多いと思いながらも、姫君を背負って逃げた。追っ手に追いつかれないよう瀬田の橋を壊し、「七日七晩」かけて下向する。鎌倉時代の『春の深山路』では、都-鎌倉間の紀行文において『更級日記』の竹芝寺伝承が挙げられ、この橋が壊されたことが記される。また『延喜式』によれば京から武蔵までの下向日数は十五日であり、その半分ということは、男が急いだことの表現である。その後姫君を追って、帝の使いがやって来るが、姫君は男を守り、都には戻らないという意思を告げる。やむを得ず、帝は男と姫君に武蔵国を預けることにした。家は内裏のように造り、姫君らが亡くなった後、寺にしたところを竹芝寺といった。やがてその姫君らの子どもは「武蔵」の姓を得たという。益田勝実氏は「伝承が血縁的な氏族の管掌から地縁的共同社会の手に移されるいとなみがそこにあって、美しい姫君の貴種流離譚は、民衆の現実的な生活上の問題――衛士役からの逃亡と結びついた。地域の伝承の中に、新しい伝承の荷い手の階級性・現実的問題意識が反映されていった」とし、新たに伝承を形成する社会の変化と伝承の担い手の変化を考えている（『説話文学と絵巻』三一書房、一九六〇年）。

この竹芝寺伝承は地元の人が語ったのか、それを知る同行者の誰かが語ったのか明瞭に書かれていない。もし地元の人の語りごとであるとすれば、方言があるはずである。また男の独り言には方言が含まれていて不思議ない。しかし確認できないのは、方言が直されている可能性が高い。そして男の独り言は「南風吹けば北になびき、北風吹けば南になびき、西吹けば東になびき、東吹けば西になびく」というように対（繰り返し）の表現をとっている。こうした対（繰り返し）表現は歌型として歌によく見られる。ゆえに男の独り言は歌であった可能性もある。

③ 駿河国の富士川伝承

駿河国では「その国の人」が次の富士川伝承を語る。

富士川といふは、富士の山より落ちたる水なり。その国の人の出《い》でて語るやう、「一年《ひととせ》ごろ、物にまかりたりしに、いと暑かりしかば、この水のつらに休みつつ見れば、川上の方《かた》より黄なる物流れ来て、物につきてとどまりたるを見れば、反故《ほぐ》なり。取りあげて見れば、黄なる紙に、丹《に》して、濃くうるはしく書かれたり。あやしくて見れば、来年なるべき国どもを、除目《ぢもく》のごとみな書きて、この国来年空くべきにも、守《かみ》なして、また添へて二人をなしたり。あやし、あさましと思ひて、取りあげて、乾《ほ》して、をさめたりしを、かへる年の司召《つかさめし》に、この文《ふみ》に書かれたりし、一つたがはず、この国の守とありしままなるを、三月《みつき》のうちに亡くなりて、またなり代りたるも、このかたはらに書きつけられたりし人なり。かかることなむありし。来年の司召などは、今年、この山に、そこばくの神々集まりて為《な》い給ふなりけりと見給へし。めづらかなることにさぶらふ」と語る。

富士山を源とする富士川に、朱筆で国司が新任となる国々と新任の国司名が書かれた古い紙が流れてきた。駿河国も新任国司二名が書かれており、翌年その一人が国司になった。しかし三か月のうちに亡くなり、次に国司となった人もまた、その紙に書かれていた人だったという。富士山に多くの神々が集まって国司を決めるとわかったとも述べている。

国司は国家が決めるものだが、駿河国の人は富士山に神々が集まって国司を決めるといっている。地元の人はそう思っているということで、これは高い山である富士山が地元の人の信仰の対象としてあったことを意味している。国司任官の関心が富士山信仰と結びついてこういう話になったのである。

十世紀後半、尾張守であった藤原元命《ふじはらのもとなが》の非法横法を郡司、百姓らが朝廷に訴え（『尾張国解文』九八八年十一月）、翌年の除目で解任されることがあった。阿部猛氏によれば「当時、百姓に訴えられた国司は多く」いたという（『国史大辞典』）。また『今昔物語集』（巻二十八第三十八）に見られる信濃守藤原陳忠《のぶただ》の話は、受領の貪欲さをあらわすものの代表として有名である。陳忠は任を終えて京に帰る途中、御坂《みさか》峠（信濃国と美濃国の境）で馬もろとも谷底に落ちた。大木の枝にまたがって一命をとりとめ、従者は陳忠を助け出すために旅籠を落として引き上げたが、そこに入っていたのは多くの平茸であったという。その後、引き上げられた陳忠は片手に平茸を握り持ち、「まだ取り残してきた平茸があった、ひどく損をしたような気がするな。『受領は倒《たふ》る所に土を掴め』というではないか」と言ったとある。河内の国守が郡司の催した仏教供養の法会のためのお布施を横取りするという話もある（同巻二十第三十六）。一方で、善行によって国人に慕われた国司も伝えられている。たとえば備前権守《ごんのかみ》である藤原保則《やすのり》は任解けて去る時、人々に惜しまれて帰京の道が遮られるほどであったという（『藤原保則伝』）。このように国司によって地方の側は自分たちの状況が大きく変わることになる。それゆえ国司任官の関心は地方の側に

富士川のほとり

も切実にあった。

もちろんその関心は都の側にもある。たとえば『枕草子』二十二段「すさまじきもの」（興ざめなもの）には「除目に官《つかさ》得ぬ人の家。『今年は必ず』と聞きて、はやうありし者どもの、ほかほかなりつる、田舎だちたるところに住む者どもなど、皆集まり来て、出で入る車の轅《ながえ》にひまなく見え、物詣でする供に、『我も我も』と参りつかうまつり、物食ひ酒飲み、ののしりあへるに、果つる暁まで門叩く音もせず」とあって、任官祈願のために神社仏閣に参詣する様子がうかがえる。それも、任官した場合には主人に取り立ててもらおうと、以前仕えていた者で他家に移っていた者、近郷に引っ込んでいた者達も集まって随行するというのである。

コラム②「盗む」という話型

姫君が武蔵に行きたいと言っているが、都の側から見れば、姫君が「盗まれた」ということになる。つまりこれは高貴な女が盗まれた話としてある。

そこで「盗む」という話型にこだわってみたい。平安時代の作品において、女を盗み、逃げる話は他にも見ることができる。時代順に整理してみよう。

	出典	逃げた場所	結末
①	『伊勢物語』六段「芥川」	不明 ※ 死んだ場所は芥川辺りか	女の死（鬼に食われる）
②	『伊勢物語』一二段「盗人」	不明 ※ 途中かもしれないが、男は武蔵野へ女を連れて行く	二人一緒に捕まるか。
③	『伊勢物語』異二段「清和井《せがゐ》の水」	不明	男の死（女も死んだか）
④	『大和物語』一五四段「ゆふつけ鳥」	不明 ※ 死んだ場所は龍田山	女の死（恐怖、不安による死）

⑤	『大和物語』一五五段「山の井の水」	陸奥国安積郡	女の死（自分の姿がみすぼらしくなっていたことの恥による自殺）
⑥	『更級日記』竹芝寺伝承	武蔵 ※男の故郷	女はこの場所が気に入り、住みつく。男と女の子どもたちは「武蔵」の姓を得る。
⑦	『今鏡』「藤波」	三条辺り	俊房と娟子。男の人柄もよく才能もあったので、お咎めもなく、二人で住み続けた。男は出世もする。
⑧	『今昔物語集』巻三〇・第八「大納言娘、被取内舎人語」※『大和物語』の話をとって書かれている	陸奥国安積郡	女の死（安積での生活が耐え難く、思いつめて死ぬ）
⑨	『宇治拾遺物語』巻三ノ九「伯の母の事」	常陸 ※男の故郷	女の死（原因不明）娘が二人おり、豪勢に、美しく育つ。

⑨『宇治拾遺物語』は鎌倉初期の作品だが、表に加えた。このように男が女を盗むという話は全部で九例確認され、一つの話型をなしている。『源氏物語』（蜻蛉）に「物語の姫君の人に盗まれたらむ朝《あした》のやうなれば」とあるのは、物語世界において「盗む」という話型が定着していることを示している。

「盗む」は世界中の神話に見られる。例えばギリシア神話では、人間が火を手にすることができた理由をプロメテウスがゼウスから火を盗んだためとする。五穀の起源神話でも、五穀が人間の世界にある理由、広まった理由は、例えば「鳥が神の世から盗み、それを偶然地上に落としたため」、「偶々流れついたため」などとされ、「盗む」はそのうちの一つである。神話の話型ということは、盗まれるものがそれまでこの世になく、神の世界からもたらされたものであることを示す。したがってその神話の話型がつかわれた場合、盗まれたものは基本的に最高にすばらしいものであることを表すことになる。盗まれた姫君もそうである（この表にはそうでないものもあるが、今回は説明を省く）。さらにその姫君の生んだ子が武蔵の始祖になっている。

3　名所を書く

旅で名所を訪ねることは現在でもよくあるが、名所が書かれている場面がある。

① 隅田川、八橋

竹芝寺伝承を聞いた後に「隅田川」での場面が記述される。

野山蘆荻《あしをぎ》の中を分くるよりほかのことなくて、武蔵と相模との中にゐて、あすだ川といふ、在五中将の「いざ言《こと》問はむ」と詠みける渡りなり。中将の集にはすみだ川とあり。舟にて渡りぬれば、相模の国になりぬ。

「あすだ川」とあるが、「隅田川《すだ》」の訛りではないかと考えられている（集成『更級日記』頭注）。中世の『とはずがたり』（巻四）には「須田川《すだ》」と土地の人が言っている場面がある。「在五中将」とは在原氏の五男で、中将であった在原業平を指している。また「『いざ言《こと》問はむ』と詠みける」歌は、業平を主人公にした『伊勢物語』（九段「東下り」）の最後の場面に見られる。

名にし負はばいざ言《こと》問はむ都鳥わが思ふ人はありやなしやと

［「都鳥」という名を持っているなら、さあお前に尋ねよう、私が想う人はどうしているかと］

業平は隅田川で「都鳥」を見てこの歌を詠んだ。このように物語や歌に詠まれている、都人にも知られている場所は「名所」といっていい。

書き手は「隅田川」が武蔵国と相模国の境にあると書いているが、『伊勢物語』にもあるようにそれは武蔵国と下総国の境にある。アヅマにいた頃、物語を聞く折に姉や継母から間違えて聞いたのかもしれないし、この場で認識し間違えたのかもしれない。しかし大人、それも年を経てから『更級日記』を書いているとすれば、これは単なる間違いではない可能性が高い。『更級日記』には、後に書き手が『伊勢物語』を手に入れて読んでいる場面もある。だとすれば隅田川の場所はわかっているはずである。つまり子ども時代の間違いをあえてそのまま書いていることが考えられるのである。それは書き手がアヅマで生まれ育ったといっていることと関わる可能性がある。

同じ『伊勢物語』の名所を訪ねているものとして、三河国の「八橋《やつはし》」もある。

八橋は名のみして、橋のかたもなく、何の見所もなし。

書き手は「八橋」とは名前ばかりで跡形なく、何の見どころもないと言っている。現実にはない「八橋」を想定しているのはやはり『伊勢物語』があるからである。その場面を見てみれば（九段「東下

り」)、

三河の国、八橋といふ所にいたりぬ。そこを八橋といひけるは、水ゆく河の蜘蛛手《くもで》なれば、橋を八つわたせるによりてなむ、八橋といひける。その沢のほとりの木の蔭に下《お》りゐて、乾飯《かれいひ》食ひけり。その沢にかきつばたいとおもしろく咲きたり。それを見て、ある人のいはく、「かきつばた、といふ五文字を句の上《かみ》にすゑて、旅の心をよめ」といひければ、よめる。

から衣きつつなれにしつましあればはるばるきぬるたびをしぞ思ふ

[(唐衣は着ていると慣れる)私は慣れ親しんできた愛しい妻が京にいるので、はるばるやってきた旅がしみじみと思われることよ]

とよめりければ、皆人、乾飯の上に涙落としてほとびにけり。

とある。水の流れが八方向に分かれているので、橋を八つ渡してあった。それゆえ「八橋」というと語られている。またその沢にカキツバタが風趣ある様子で咲いていた。そこで男がカキツバタという五文字を句の頭に置いて旅中の思いを右のように詠んだところ、皆涙を流したという。

書き手は『伊勢物語』に出てくる「八橋」を訪ね、既になくなっていたことのみ記し、見どころもないといって、自分にとってつまらないところであったと述べている。これは旅で名所を訪ね、現在の状況を記すという紀行文のスタイルである。なお平安中期の歌学書と考えられている『能因歌枕』に「八橋」が見られる。また中世の紀行文『東関紀行』では「八橋」で『伊勢物語』が思い出されるが、カキツバタはなく、稲だけが多く見えると記されている。

②田子の浦

次は駿河国の「田子の浦」の記述である。

田子の浦は浪たかくて、舟にて漕ぎめぐる。

「田子の浦」は浪が高いので舟で巡ったと記されている。「田子の浦」と富士山の結びつきは、山部赤人の、

田子の浦ゆうち出《い》でて見れば真白にそ富士の高嶺に雪は降りける　（『万葉集』巻三・三一八）

であるが、紙宏行氏によればこの歌が、

田子の浦にうち出《い》でて見れば白妙の富士の高嶺に雪は降りつつ

田子の浦（薩埵峠から）

というかたちで『百人一首』に選ばれてから、田子の浦は富士山を眺める景勝地と考えられるようになったという（『歌ことば歌枕大辞典』）。なお中世の頃から田子の浦が現在地あたりに比定されるようになったとも紙氏は述べており、中世の紀行文『十六夜日記』『東関紀行』には、その浦を訪れていることが記される。『能因歌枕』にも「田子の浦」が見られる。

集成『更級日記』頭注は、田子の浦が庵原川流域だったという説を受けて「海に迫った断崖の下の街道なので高波のため歩行できず、一行は舟で迂回した」と述べ、行路の問題と捉えている。しかしその場合「漕ぎめぐる」というか疑問が残る。すると行路の問題ではなく、和歌で知られた名所を訪れた記述と解釈できるが、その場合も「浪たかけれど」ではなく「浪たかくて」と記していることに疑問がある。ここでは和歌によって知られた場所と捉えうるため、「名所」で取り上げた。

③ しかすがの渡り

「しかすがの渡り」が三河国と尾張国の境にある。

三河と尾張となるしかすがの渡り、げに思ひわづらひぬべくをかし。

しかすがの渡り

「しかすがの渡り」の「しかすがに」は、「それはそうだがやはり」と、「上の事柄を『そうだ』と肯定しながら、もう一つの事を付け加える意を表わす」（『日本国語大辞典』）。中古には「さすが」に交代するが、歌には用いられるという。地名には古い言い方が残ったのだろう。何か伝承があったことを思わせる。その伝承を踏まえたかどうかはわからないし、言葉からの連想かもしれないが、中務《なかつかさ》（平安時代中期の女流歌人）の私家集『中務集』に、

行《ゆ》けばあり行《ゆ》かねば苦ししかすがの渡りに来てぞ思ひわづらふ

という歌がある。しかすがの渡りに来て、渡ろうか渡るまいか思い悩んでしまうといっており、諸注は書き手が「げに思ひわづらひぬべくをかし」（ほんとうにその名の通り、渡ろうか渡るまいか思い悩んでしま

いそうなのがおもしろい）と頷いているのは、この歌を踏まえているからとする。これは言葉遊びでもある。なお「しかすがの渡り」は『枕草子』（十七段）の「渡りは」に見られる。『能因歌枕』には「しかすがの社」と載せられていて「しかすが」の名が見える。

4　景色を書く

旅では景色を見て感動することもあるだろう。印象的な六場面を挙げてみる。

①くろとの浜（下総国）

十七日の夜、書き手らは下総国の「くろとの浜」に泊まって、次ような景色を眺めている。

その夜は、くろとの浜といふ所に泊まる。片つ方《かた》はひろ山なる所の、砂子《すなこ》はるばると白きに、松原茂りて、月いみじう明かきに、風の音もいみじう心細し。人々をかしがりて歌よみなどするに、

まどろまじ今宵ならではいつか見むくろとの浜の秋の夜の月

「くろとの浜」は白砂が遠くまで見え、松原が茂り、月がたいそう明るく、風の音も心細く聞こえたとある。書き手は白い浜なのに「くろとの浜」ということを意識したに違いない。『土佐日記』（一月二

十一日）にも「黒鳥のもとに白き波を寄す」という舵取りの言葉が見られ、「物言ふやうに」（しゃれたことを言っているように）聞こえたとある。

そこで書き手は、うとうとしまい、今宵でなくては他にいつ、この美しいくろとの浜の秋の月を見ることができようかと詠んでいる。「まのの長者」の場合と違って、人々が歌を詠んだので、書き手も一緒に詠んだということだろう。「まどろまじ」と始めるなど力の入った言い方で、地名を入れており、旅の歌として満足したものと思われる。

②にしとみ、もろこしが原（相模国）

相模国の「にしとみ」の山と「もろこしが原」も見てみよう。

> にしとみといふ所の山、絵よくかきたらむ屏風を立て並べたらむやうなり。片つ方《かた》は海、浜のさまも、寄せかへる浪の景色も、いみじうおもしろし。もろこしが原といふ所も、砂子《すなこ》のいみじう白きを二三日《ふつかみか》ゆく。「夏は大和撫子《やまとなでしこ》の濃く薄く錦をひけるやうになむ咲きたる。これは秋の末なれば見えぬ」と言ふに、なほ所々はうちこぼれつつ、あはれげに咲きわたれり。「もろこしが原に、大和撫子も咲きけむこそ」など、人々をかしがる。

「にしとみ」というところの山は、巧みな絵の描かれた屏風を立て並べてあるようで、浜の様子も、寄せ返る浪の景色もとてもすばらしいとある。「もろこしが原」でも白い砂浜を二、三日行くといっており、長く続く浜辺を旅している様子がうかがえる（飯田紀久子「浜辺はかつて道であった」『武蔵大学人文学会雑誌』四二巻二号、二〇一〇年一二月）。

「もろこしが原」は唐の人がここに移住した、もしくは何かをもたらした等の伝承に基づく命名だろう。字面通りにとれば、今述べたように「唐の人」と考えるのが自然であるが、一説に「もろこしが原」が神奈川県中郡大磯町高麗付近の原と考えられ、古代、「高麗の人」が居住していたところからの

にしとみといふ所の山

もろこしが原

称といわれている（『日本国語大辞典』）。「もろこし（唐土）が原」であるなら当然「唐撫子《からなでしこ》」が咲いてしかるべきだが、「大和撫子」が咲いているといっておもしろがっている。「唐土《もろこし》」と「大和」という対照語の言葉遊びである。『能因歌枕』にもその地名が見られ、『東関紀行』には、わざわざゆっくり見る暇なく通りすぎたと書かれていて、名所であったことがうかがえる。

足柄山

③ 足柄山（相模国と駿河国の境界）

その後、「足柄山」の記述が続く。「足柄山」は「相模と駿河（静岡県）との国境を走る連山」である（集成『更級日記』頭注）。

まだ暁より足柄を越ゆ。まいて山の中のおそろしげなること言はむかたなし。雲は足のしたに踏まる。山のなからばかりの、木《こ》の下のわづかなるに、葵のただ三筋ばかりあるを、「世離れてかかる山中にしも生ひけむよ」と人々あはれがる。水はその山に三《み》所《ところ》ぞ流れたる。

まだ暗いうちから足柄山を越えるというが、まして山の中は恐ろしいと記している。というのも、足柄山といふは、四五日かねて、おそろしげに暗がりわたれり。やうやう入《い》り立つ麓のほどだに、空の気色《けしき》、はかばかしくも見えず、えも言はず茂りわたりて、いとおそろしげなり。

とあり、ようやく入った麓でさえ、木々が深く覆い茂っていて不気味であるというのである。山を登るにつれて雲が下に広がり、雲を踏むようだといっている。また山の中腹あたりの木下のちょっとした所に葵が三本生えていて、人々はそれを「よくもまあ世間とは無縁に生えたものだなあ」といじらしく思ったと記される。このように遠い景色のみならず、道中ふと目に入ったものに対する記述も旅をリアルに感じさせる。この山で川が流れているのを三カ所見たといっているのもそうである。なお中世の紀行文『海道記』でも足柄越が書かれている。

④ 富士山、清見が関（駿河国）

駿河国の「富士の山」と「清見が関」の景色の記述が並んでいるので、最後に挙げてみる。

富士の山はこの国なり。わが生ひ出《い》でし国にては西おもてに見えし山なり。その山のさま、いと世に見えぬさまなり。さまことなる山の姿の、紺青を塗りたるやうなるに、雪の消ゆる世もなく積りたれば、色濃き衣《きぬ》に、白き衵《あこめ》着たらむやうに見えて、山の頂《いただき》の少し平らぎたるより、煙《けぶり》は立ちのぼる。夕暮れは火の燃え立つも見ゆ。

清見が関は、片つ方は海なるに、関屋どもあまたありて、海まで釘貫《くぎぬき》したり。煙《けぶり》合ふにやあらむ、清見が関の浪も高くなりぬべし。おもしろきことかぎりなし。

富士山は生まれ育った土地からも見えたと、気持ちを込めた書き方をしている。その富士山はこの世に類を見ず、紺青を塗ったような山肌に雪が消える時なく常に積もっているので、濃い紫色の衣の上に白い衵《あこめ》を着ているように見えるとある。また山頂の平たくなっているところから煙が立ち上り、夕暮れには火が燃え立っているのが見えるという。このように見た風景を書いている。

気になるのは噴火していると思われる富士山である。孝標らが上京したとされるのは一〇二〇年秋頃だが、この頃に富士山噴火の記録は見られるのだろうか。古地震を研究する都司嘉宣氏によれば、一七〇七年に起きた有名な宝永の大噴火を迎えるまで「富士は古代八世紀から一〇世紀ころに噴火活動が活発な時期があり、その後、小規模な噴火はあっても概して平穏な時期が長くつづいて」いたという（『富士山噴火の歴史』築地書館、二〇一三年）。そこで『日本地震史料』（「日本及び隣接地域地震噴火地変年表」）に従って十一世紀を中心とした富士山の記載を見てみると、

九九三年　　富士山北東部より噴火す
九九九年　　富士山噴火す
一〇一七年　　富士山北方山腹三カ所より噴火す

一〇三三年　富士山噴火、溶岩を流出せり
一〇八三年　富士山噴火す

とある（文部省震災予防評議会、武者金吉編『復刻　日本地震史料』第一、四巻　明石書店、二〇一二年）。『更級日記』の富士山の様子は一〇一七年の噴火に続く現象かと思われるが、都司氏によればこの記録は近代に偽作された文献に基づくものであるらしい。とすれば更級の富士山噴火と思われる現象は、記録として残っていないことになるが、都司氏はこの場面を挙げ、この頃「富士はきわめて活発な火山活動期のさなかにあった」と結論づける（都司前掲書）。「夕暮れは火の燃え立も見ゆ」と記される富士山の頂上に炎があがっている様子は、火山学でいう「火映《かえい》」の現象で、火山活動の最盛期に近い頃見られるものであると言っている。

一方「清見が関」は片側が海であるが、浜辺には関の番屋（関所の番人の詰めているところ）などが多く立ち並んでいて、海まで横木を通した柵が続いているという。「けぶり合ふ」は海の波しぶきと富士山の煙が呼応しているように見えるさまをいっている。その富士山の煙の高さに競うように波しぶきも高くなりそうだとおもしろがっている。

「清見が関」は『枕草子』（一〇六段）にも「関は……横走りの関、清見が関……」とある。渡辺泰宏氏によれば「清見が関」は平安後期から多く歌に詠まれるようになるという（『歌ことば歌枕大辞典』）。後に挙げるが、『海道記』『東関紀行』『十六夜日記』にも見られる。ちなみに『枕草子』の「横走りの関」（駿河国）も『更級日記』に登場する。その関の傍らに大きな四角い岩があり、穴のあいたところからとてもきれいで冷たい水が出ていたとある。

5　歌を書く

旅中に歌を詠むことは『万葉集』の時代から見られる。京に上るまで、書き手による三首の歌が見られるが、その最後の歌が三河国「宮路山」を越える場面にある。

宮路の山といふ所越ゆるほど、十月つごもりなるに、紅葉《もみぢ》散らで盛りなり。
嵐こそ吹き来ざりけれ宮路山まだもみぢ葉の散らで残れる

今は十月下旬で、季節としては冬であるのに、紅葉が散らずに盛りであったという。紅葉は本来秋のものだから、時節はずれである。時節はずれの紅葉を見た人は変だと思うだろう。時節の折々に従って生活していた当時の人々にとっては不安といった方がいい。歌は時節はずれの紅葉が見られる理由を、秋に嵐（台風）が吹いてこないこととし、その不安感を鎮める働きをしているのである。「宮」に通じる「路《みち》」という名をもつ宮路山を嵐が吹いてこない山といって讃えていることにもなる。なお「宮路山」と「もみぢ」の組み合わせは右の歌が最初である。『十六夜日記』にも十月二十一日のこととして、昼つかたになりて、紅葉《もみぢ》いと多き山に向ひて行く。風につれなき紅《くれなゐ》、ところどころ朽葉《くちば》に染めかへてける、常盤木《ときはぎ》どもも立ちまじりて、青地の錦を見る心地して。人に問へば宮路の山とぞ言ふ。

とある。『更級日記』と同様に十月下旬であり、所々枯れているとはあるものの、風にも散らずに残っている紅葉を記している。紅葉のたいへん多い山ともいっている。『十六夜日記』は『更級日記』を意識しているように思われる。『更級日記全注釈』は『更級日記』のこの場面が「新しい紅葉の名所としてこの地を喧伝していることにもなる」と述べている。辞書類で宮路山が「紅葉の名所」と説明されるのも『更級日記』や『十六夜日記』のこの場面によると思われる。

また鎌倉中期の私撰集『万代和歌集』（巻二・春歌下・二四〇）には藤原定家の、

天《あま》つ風よきて吹かなんうち日さす宮路の桜今さかりなり

という歌が見られる。今、宮路山の桜は満開なので風がよけて吹いて欲しいという。『更級日記』の歌と同じ発想である。『国歌大観』では「定家」の歌まで「宮路（山）」におけるこの種の発想の歌は見られない。とすれば文学史的に「定家」の歌は『更級日記』を受けているといえる。また『更級日記』の歌は十四番目の勅撰和歌集である『玉葉和歌集』（巻六・冬歌・八九一）にとられている。

旅における書き手の三首の歌のうち、最初の歌は「まのの長者」伝承を聞いたときに心の中で詠んだ、習作と考えられる歌であった。二首目の歌は「景色」の項で触れた、「くろとの浜」で人々と一緒に詠んだものである。三首目の右の歌は地名も詠い込まれ、歌の様式や働きがよく出ている。だから「定家」もこの歌を踏まえたのだろう。しかし宮路山の場面では人々が歌を詠んだとは記されていない。そう書かれていないという点で自分の意思で詠んだと解釈できる。このように書き手は徐々に旅の歌を身につけていったのである。

6　出来事を書く

旅は日常から離れるものであり、旅中の出来事は非日常性の中で捉えられるものである。以下四つの出来事を見てみたい。

①乳母の出産

門出の後、しばらくして乳母は出産する。

乳母《めのと》なる人は、をとこなども亡くなして、境にて子生みたりしかば、離れて別《べち》にのぼる。いと恋しければ、行かまほしく思ふに、兄人《せうと》なる人抱きて率《ゐ》て行きたり。皆人は、かりそめの仮屋などいへど、風すくまじく、引きわたしなどしたるに、これは、をとこなども添はねば、いと手放《てはな》ちに、あらあらしげにて、苫《とま》といふ物を一重うち葺《ふ》きたれば、月残りなくさし入《い》りたるに、紅《くれなゐ》の衣《きぬ》上に着て、うち悩みて臥したる月影、さやうの人にはこよなくすぎて、いと白く清げにて、珍しと思ひてかきなでつつうち泣くを、いとあはれに見捨てがたく思へど、急ぎ率《ゐ》て行かるる心地、いと飽かずわりなし。面影におぼえて悲しければ、月の興もおぼえず、くんじ臥しぬ。

この場面は下総国と武蔵国の間の「太井川《ふとゐ》」での記述である。「太井川」については次の「道程」の項で改めて触れるが、この川で夜通し荷物を運び、翌朝一行は出立している。しかし書き手は、子を産むため別行動となった乳母が恋しくて仕方ない。そこで「兄人《せうと》なる人」（兄の定義）(6)が「私」を抱いて乳母のもとへ、月夜、連れていってくれたという。そうして兄にせかされて帰ってもいる。帰ってからも月が出ているので、二人は人々が夜通し荷物を運んでいる時に乳母のもとに行ったことになる。だとすれば乳母がいるのはそれほど距離が離れていない場所である。それも、一行は途中まで一緒に行動していたはずで、二人は来た道を戻ったと思われる。

乳母と会ったときの様子も記されている。一行の宿は「仮屋」といっても、風が隙間から吹き込まぬよう幕などを引きめぐらしてあるのに対し、乳母の宿は夫が付き添っていないゆえ、手を省いていかにも粗略であるという。そのため月の光がくまなく降り注ぎ、乳母は月の光を浴びている。『竹取物語』や『源氏物語』（宿木）に例があるように、月を見てその光を浴びることは忌むこととされ、死が予感されている。乳母は入京した翌年に亡くなる。書き手の姉も京の家で月を見て光を浴びており、その後亡くなっている。

書き手の訪問に際し、臥していた乳母はしきりに書き手の髪をなでては泣いている。書き手らと離れる心細さゆえだろう。一行と別に上らなければならない不安もあるだろう。書き手も乳母を置いていかなければならない悲しさがあったに違いない。

旅の途中での出産も、このようにあり得るものである。『土佐日記』（二月九日）には、

かく上る人々の中に、京より下りし時に、みな人、子どもなかりき、到《いた》れりし国にてぞ、子生める者ども、ありあへる。人みな、船のとまるところに、子を抱きつつ降り乗りす。

とあって、赴任先の土佐国で子どもたちが生まれていることがわかる。

②　遊女に出会う

先に「景色」の項目において「足柄山」を挙げたが、そこで一行は遊女に出会っている。遊女とは「旅客のために歌舞を演じたりして慰めるのを生業《なりわい》とする」者といわれる（集成『更級日記』頭注）。

足柄山といふは、四五日かねて、おそろしげに暗がりわたれり。やうやう入《い》り立つ麓のほどだに、空の気色《けしき》、はかばかしくも見えず、えも言はず茂りわたりて、いとおそろしげなり。麓に宿りたる

に、月もなく暗き夜の、闇にまどふやうなるに、遊女三人《あそびみたり》、いづくよりともなく出《い》で来たり。五十ばかりなる一人、二十ばかりなる、十四五なるとあり。庵《いほ》の前に柄笠《からかさ》をささせて据ゑたり。をのこども、火をともして見れば、昔、こはたと言ひけむが孫といふ。髪いと長く、額いとよくかかりて、色白くきたなげなくて、「さてもありぬべき下仕《しもづか》へなどにてもありぬべし」など、人々あはれがるに、声すべて似るものなく、空に澄みのぼりてめでたく歌をうたふ。人々いみじうあはれがりて、け近くて、人々もて興ずるに、「西国《にしぐに》の遊女はえかからじ」など言ふを聞きて、「難波わたりにくらぶれば」とめでたくうたひたり。見る目のいときたなげなきに、声さへ似るものなくうたひて、さばかり恐ろしげなる山中に立ちて行くを、人々飽かず思ひてみな泣くを、幼なき心地には、ましてこのやどりを立たむことさへ飽かずおぼゆ。

最初の二文は先に触れた。月がなく闇に迷いそうな夜、不気味さを覚えていたが、その時に遊女が三人どこからともなくやって来たと書かれている。以下の部分を考えると、遊女に出会ったことによって気分が変わったものと思われる。遊女は髪が非常に長く、額髪が美しく垂れかかって、色も白く垢抜けており、その声はたとえようもないほどに美しく、上手に歌をうたったとある。三人の遊女のうち一人は五十歳くらい、もう一人は二十ほど、残り一人は十四、十五で、「こはた」という者の孫であるという。遊女らがこの恐ろしげな山の中に帰って行くのを名残惜しく思い、皆涙を流したと記している。

さらに一行は美濃の国境「野上」でも遊女に出会っている。

美濃の国になる境に、墨俣《すのまた》といふ渡りして、野上《のがみ》といふ所に着きぬ。そこに遊女《あそび》ども出《い》で来て、夜ひとよ歌うたふにも、足柄なりし思ひ出でられて、あはれに恋しきことかぎりなし。

「野上」は交通の要衝であったといわれる。そうしたところで遊女が一晩中歌をうたうにつけても、先の足柄の遊女が思い出されてとても恋しいという。先ほどの遊女が印象的だったのだろう。ちなみに、後に書き手（四十二〜五十歳頃）が事情あって和泉に下った折も、高浜（淀川の西岸）で遊女に出会う。舟で近づき、灯火に照らされ、扇で顔を隠して歌をうたう遊女はとても風情があると述べている。

なお歴史学の側から辻浩和氏は、十世紀末以降、遊女は和歌より歌謡をうたう存在として見られることを指摘する（『中世の〈遊女〉』京都大学学術出版会、二〇一七年）。十世紀末、下級貴族や若公達、庶民の間で流行り出した「今様」を生業に取り込んでいったことが考えられるという。ただし身体芸をあそびとする遊女が歌謡をうたうのは当然のことで、和歌を詠むことが物語や史料に取り上げられることはあるだろう。また辻氏は十一世紀前半には「遊女」が遊女と傀儡子《くぐつ》に分化し、これまで本拠地周辺で貴族達の来訪を待っていた遊女は、貴族からのお召しによって京や京近郊の邸宅、別荘に出張するようになると述べている。

③　病気になる

次は書き手が病気になったときの記述である。

ぬまじりといふ所もすがすがと過ぎて、いみじくわづらひ出《い》でて、遠江にかかる。小夜《さや》の中山など越えけむほどもおぼえず、いみじく苦しければ、天ちうといふ川のつらに、仮屋作り設けたりければ、そこにて日ごろ過ぐるほどにぞ、やうやうおこたる。冬深くなりたれば、川風けはしく吹き上げつつ、堪へ難くおぼえけり。

「ぬまじり」（現在地不明）を無事過ぎたが、ひどく体調を崩し、そのまま遠江国にさしかかったことが語られる。「小夜の中山」を越えたが覚えがなく、とても苦しいので天竜川のほとりに設置してあった仮屋で数日を過ごし、徐々に回復したという。冬の川風が激しく吹き上げるので、寒さがたまらないとも記される。

「小夜の中山」は東海道の難所の一つである峠ゆえ（浅田徹氏執筆『歌ことば歌枕大辞典』）、病気であればなおさら越えるのは辛かっただろう。このように旅中に病気になることも当然あるわけで、そのときは仮屋に籠もり数日休んでいることがわかる。ちなみに「小夜の中山」は遠江国の歌枕でもある（浅田前掲項目）。この峠は名所でもあったことがうかがえる。

時代は遡るが、太宰府の大伴旅人邸の庭に咲く梅を囲んだ宴に、太宰府の官人および管理諸国の国司など三十余名が参加したが（『万葉集』巻五）、その中に「薬師《くすりし》張 氏福子《ちやうじのふくし》」（八二九）「薬師高氏義《かうじのぎ》通《つう》」（八三五）と医官（医師）が見える。太宰府の「薬師」は定員二名で、正八位上相当である（中西進『万葉集』講談社文庫）。『土佐日記』では京への出航の折（十二月二十九日）、医師《くすし》が「屠蘇《とうそ》」や「白散《びやくさん》」、酒を持ってきたことが記されている。国府には一名ずつ医官が配されており、「屠蘇《とうそ》」や「白散《びゃくさん》」は漢方薬の一種で正月三が日に酒に入れて飲むと一年の邪気を払い、延命の効用があるとされた（新全集『土佐日記』頭注）。この場合一種の餞別であり、正月の行事でもあるが、『更級日記』の書き手らは帰京の折、国司に配された医官から薬をもらい、携帯していた可能性がある。あるいは、任期の状況によって医官も赴任に伴っていたかもしれない。

④　柿を拾う

三河国の「八橋」の記述の後、「二村《ふたむら》の山」でのおもしろい出来事が書かれている。

二村の山の中にとまりたる夜、大きなる柿の木のしたに庵《いほ》を造りたれば、夜一夜、庵の上に柿の落ちかかりたるを、人々拾ひなどす。

大きな柿の木の下に庵を設けたので、一晩中柿が落ちてくるのを皆で拾ったというのである。しかし一晩中ずっと柿の実が落ちてくることなどあるだろうか。これは柿が庵に落ちた音で夜中、何回か目が覚めたことをいっているのだろう。そして拾った柿は食べたに違いない。

コラム③　『万葉集』における遊行女婦《うかれめ》

「遊女」は十世紀前半の辞書である『倭名類聚抄』に「遊女……遊行女児宇加礼女《うかれめ》……」とあることから、奈良時代の『万葉集』に見られる「遊行女婦」の後身と考えられている。『万葉集』（巻六・九六五、九六六）には大宰府を後にする大伴旅人を送る「遊行女婦《うかれめ》」の歌が見られる。

冬十二月、大宰帥《だざいのそち》大伴卿の京《みやこ》に上りし時に、娘子《をとめ》の作れる歌二首

おほならばかもかもせむを畏みと振り痛《た》き袖を忍びてあるかも

［あなたが並の人であるなら、ああも、こうもしましょうものを。並の人でないので、畏れ多いこととして、袖をしきりに振るのをじっとこらえていることよ］

大和路《やまとぢ》は雲隠りたり然れどもわが振る袖をなめしと思ふな

［大和への道は遠く空に隠れて見えませんが、私がこっそり振る袖を見ても、無礼なこととは思わないでください。］

右は、大宰帥大伴卿、兼ねて大納言に任《ま》けらえ、京《みやこ》に向かひて上道《みちだち》す。この日、馬を水城《みづき》に駐《とど》めて、府家を顧み望む。時に卿を送る府吏《ふり》の中に遊行女婦《うかれめ》あり。その字《あざな》を児島《こしま》と曰《い》ふ。ここに娘子《をとめ》、この別るることの易きを傷み、その会ふことの難きを嘆き、涕《なみた》を拭《のご》ひて自ら袖を振る歌

を吟《うた》へり。

［右は、大宰帥大伴〈旅人〉卿が帥に兼ねて大納言に任じられ、都に向けて旅路の途に着いた。この日馬を水城に留めて、大宰府の政庁を遠く振り返った。そのときに卿を送る大宰府の官人の中に遊行女婦がいた。その名を児島《こしま》という。ここで児島は、この別れのたやすさを悲しみ、再会の期し難さを嘆き、涙を拭って、みずから袖を振る歌をうたった。］

越中の久米朝臣広縄の館、縄麿の館で行われた主賓家持の宴においても、

二上《ふたがみ》の山に隠《こも》れるほととぎす今も鳴かぬか君に聞かせむ

右の一首は、遊行女婦《うかれめ》土師《はにし》作れり。　（巻一八・四〇六七）

と見え、あなたに聞かせるため、ほとどぎすに鳴いて欲しいといっている。さらには、

遊行女婦《うかれめ》蒲生娘子《かまふのをとめ》の歌一首

雪の山斎《しま》巌《いはほ》に植ゑたるなでしこは千代に咲かぬか君がかざしに　（巻一九・四二三二）

とあって、あなたのかざしにするためにいつまでも撫子の花が咲き続けて欲しいと詠んでいる。

「遊行女婦」は「歌舞・音曲に堪能で、貴賓の宴席にも侍した」（多田一臣『万葉集全解』）、接待の専門家と考えられている。つまり都の文化すなわち「風流」を提供する女である。『万葉集』（巻一六・三八〇七）には「遊行女婦」と同じように陸奥で風流を発揮するヲトメが語られている。都から来た葛城王は陸奥の国司の接待がひどく粗略であったため、怒ってしまった。そこでこのヲトメが左の手に觴《さかづき》を捧げ、右の手に水を持って王の膝を打ち、歌を詠んで王の心を鎮めたという。ヲトメは以前都の「采女」であったので、こうした振る舞いができたと考えられる。

そもそも王の膝を打つというのは、性的な要素をふくむ所作である（猪股ときわ「後期万葉と『風流』」『古代文学』三〇号、一九九一年三月）。この場合「性的」とは最高に親和している状態とでも考えればいい。「性的」というと現代的な意味合い、いわば売春婦のような面が強調されがちだが、そうではない。食べること、寝ること、身なりを整えることなど、身体に関わることと一体のものである（古橋、平成二十年度武蔵大学日本文学講義）。そういう見方で「遊行女婦」や「遊女」を見る必要もあるだろう。

7　道程を書く

旅は当然、土地から土地への移動である。その移動を書いている場面がある。

①太井川を渡る

先に乳母の出産で触れた「下総国と武蔵国の境」に流れている「太井川《ふとゐ》」での記述である。

その翌朝《つとめて》、そこ（くろとの浜）を立ちて、下総国と武蔵との境にてある太井川といふが上《かみ》の瀬、まつさとの渡りの津に泊まりて、夜一夜、舟にてかつがつ物など渡す。（中略）翌朝《つとめて》、舟に車かき据ゑて渡して、あなたの岸に車ひき立てて、送りに来つる人々これよりみな帰りぬ。のぼるは止まりなどして、行き別るるほど、行くも止まるもみな泣きなどす。幼な心地にもあはれに見ゆ。

「太井川」の川上の「まつさとの渡り」の舟着き場に泊まって、夜通し少しずつ舟で荷物を対岸に運び、早朝舟に「車」を積み込んで川を渡したとある。これは旅の道程といえる。ただし下総国と武蔵国の境を流れるのは隅田川のことで、「太井川」は下総国下流を流れるとされている。だとすれば、先の「隅田川」に呼応して「太井川」もあえて間違いを直していないことが考えられるだろう。

送りにきた人々とはここで別れる。上京する一行は立ち去りがたくその場に止まり、いざ別れるとなると、帰る人々も佇む書き手ら一行も、皆涙にむせぶのだった。その情景は子どもながらにしみじみとしたという。

このように「太井川」で荷物を運び、見送りの者たちと別れる旅の様子が記されている。

② 浜名の橋を渡る

現在でも、東海道を通ると他とは違う印象を受ける浜名湖だが、「浜名湖が海に通じる浜名川に架けてあった橋」（集成『更級日記』頭注）での記述もある。

その渡りして浜名の橋に着いたり。浜名の橋、下りし時は黒木を渡したりし、この度は、跡だに見えねば舟にて渡る。入江に渡りし橋なり。外《と》の海は、いといみじく悪《あ》しく、浪高くて、入江のいたづらなる洲どもに、こと物もなく松原の茂れる中より、浪の寄せ返るも、いろいろの玉のやうに見え、まことに松の末より浪は越ゆるやうに見えて、いみじくおもしろし。

遠江国の「浜名の橋」は、アヅマへ下ったときには黒木（樹皮のついたままの丸太）を架けたものであったが、帰路の折にはその跡形もないので舟で渡ったとある。「下りし時は」とあるのは、先に述べたように日記の本文が事実を書いていくスタイルだからである。

後半は「景色」の類に入るが、一応見ておこう。外海（遠州灘）はひどく荒れていて、波が高いという。入り江の州はこれといって目にとまるものはないが、茂っている松原の間から寄せては返す波の景色が「いろいろの玉」（砕け散る波頭のしぶきが日光を受けて輝くさま）のように見えておもしろいと記される。それも「末の松原」を波が越すという古歌さながらに見えるというのである。その古歌は『古今和歌集』（東歌・一〇九三・陸奥国歌）の、

君をおきてあだし心を我が待たば末の松原波も越えなむ

［あなたを差し置いて他の人に心を移すようなことがあったなら、波が末の松山を越えてしまうでしょう］

である。この歌ではあり得ないことの例として、波が末の松山を越えると詠んでいるが、『更級日記』の場合、あたかも波が松原を越すように見えたのである。なお「浜名の橋」は『枕草子』（六一段）「橋は」、『能因歌枕』に見られるほか、『東関紀行』には「水海《みづうみ》にわたせる橋を浜名と名づく。古き名所なり」とあって、昔からの名所であったことがうかがえる。

③鳴海の浦を過ぎる

最後は尾張国の「鳴海の浦」での描写である。

尾張の国、鳴海《なるみ》の浦を過ぐるに、夕潮《ゆふしほ》ただ満ちに満ちて、今宵宿らむも、中間《ちゅうげん》に潮満ち来《き》なば、

ここをも過ぎじと、あるかぎり走りまどひ過ぎぬ。

夕潮が満ちてきたが、今晩泊まろうにも中途半端な所であり、かといってこれ以上潮が満ちてしまったら渡ることはできないと、一行は慌てて走り抜けたと記されている。このように潮が引いた時にできる道が、旅の道である（飯田前掲論文）。集成『更級日記』頭注によれば、「鳴海の浦」は潮の干満の差の激しい交通の難所であったという。

先に「景色」の項で挙げたが、相模国で、

にしとみといふ所の山、絵よくかきたらむ屏風を立てならべたらむやうなり。片つ方《かた》は海、浜のさまも、寄せかへる浪の景色も、いみじうおもしろし。もろこしが原といふ所も、砂子《すなこ》のいみじう白きを二三日《ふつかみか》ゆく。

とあった。飯田紀久子氏が指摘するように、これも旅における浜辺の道である（前掲論文）。中世の紀行文である『十六夜日記』にも「鳴海潟」を「潮干《しほひ》の程なれば、障りなく干潟《ひがた》を行く」とあって、潮が引いているときに通っていることがわかる。

8　入京

旅の最後は入京の場面である。一行は、今取り上げた尾張国の「鳴海の浦」から美濃国、近江国の琵琶湖の東側を通り、「みな崩れて渡りわずらふ」瀬田の橋を経て入京している。

粟津にとどまりて、十二月《しはす》の二日、京に入《い》る。暗く行き着くべくと、申《さる》の時ばかりに立ちて行けば、関近くなりて、山づらにかりそめなる切懸《きりかけ》といふものしたる上《かみ》より、丈六《ぢやう》の仏の、いまだ荒造りにおはするが、顔ばかり見やられたり。あはれに、人離れていづこともなくておはする仏かなと、うち見やりて過ぎぬ。

ここらの国々を過ぎぬるに、駿河の清見が関と、逢坂の関とばかりはなかりけり。いと暗くなりて、三条の宮の西なる所に着きぬ。

古代より交通の結節点である近江国の「粟津」に留まって、十二月二日に京に入り、三条の宮（一条天皇第一皇女修子内親王の御所）の西隣にある家に到着したと書いてある。アヅマを出発してからおおよそ三か月の行程である。ちなみに『延喜式』（主計寮上）では、出発地を上総国に置けば、京まで三十日の行程である。これほど時間がかかったのは、天候の問題や子ども達が同行していたという理由のみならず、これまで見てきたように、名所を訪ねたり、景色を楽しんだり、今でいう観光をして旅を楽しんだからだろう。また日が暮れて暗くなってから入京するように粟津を午後四時頃発ったとあるが、『土佐日記』でも夜を待って入京している。受領らの入京に際し、陰陽師が勘申するという史料は見られないが、暦を見て帰忌、忌遠行等の凶日を避けていたこと、また用心深い貴族は陰陽師に問い合わせていたことが考えられるという（山下克明氏ご教示）。

入京の際の境界は逢坂の関である。逢坂の関近くの山腹に、一丈六尺（約五メートル）の仏像の、粗造り（造仏中）の顔だけがのぞまれたとある。二十五年後の冬、書き手が石山詣に行った折「逢坂の関を見るにも、昔越えしも冬ぞかしと思ひ出《い》でらるるに、そのほどしも、いと荒らう吹いたり。（中略）関寺のいかめしう造られたるを見るにも、その折、荒造りの御顔ばかり見られし折思ひ出《い》でられて、年月の過ぎにけるもいとあはれなり」とある。「いまだ荒造り」であったものが、伽藍ともども完成しており（『更級日記全注釈』）、上京した頃を思い出し、年月の経ったことをしみじみ感じている。またこの記述から、上京時、逢坂の関で風が荒々しく吹いていたことがわかる。

そして書き手はこの旅で心に残った場所を「駿河の清見が関」と「逢坂の関」といっている。旅として「関」を越える感慨があっただろうか。先に触れたように、清見が関の景色を書き手はおもしろがっていた。逢坂の関の近くでは仏像を「うち見やりて過ぎぬ」といっているが、印象に残ったに違いない。アヅマで物語を求めて一心に祈った等身の薬師如来を思い起こさせたからではないか。書き手はアヅマ出立の折、薬師如来を見捨てることが悲しくて人知れず涙を流したのであった。

それにしても、この場面には京に入るという喜びは記されていない。『土佐日記』の入京の場面では、京のうれしきあまりに、歌もあまりぞ多かる。夜更けて来れば、所々も見えず。京に入《い》りたちてうれし。

とあって、京の土地を踏んだ喜びが書かれている。『更級日記』において入京の次の場面は、

広々と荒れたる所の、過ぎ来つる山々にも劣らず、大きに恐ろしげなる深山木《みやまぎ》どものやうにて、都の内とも見えぬ所のさまなり。ありもつかず、いみじうもの騒がしけれども、いつしかと思ひしことなれば、「物語求めて見せよ、見せよ」と母を責むれば、三条の宮に、親族《しぞく》なる人の、衛門《ゑもん》の命婦《みやうぶ》とてさぶらひけるたづねて、文やりたれば、珍しがりて、喜びて、「御前《おまへ》のをおろしたる」とて、わざとめでたき冊子《さうし》ども、硯の箱の蓋に入れておこせたり。うれしくいみじくて、夜昼これを見るよりうち始め、またまたも見まほしきに、ありもつかぬ都のほとりに、誰かは物語求め見する人のあらむ。

と続き、『更級日記』の書き手の関心は都にある物語以外にないといえる。

三、ひらがなで書かれた紀行文

1　ためし（先例）

『土佐日記』は旅をテーマにした、最初のひらがなによる日記文学である。序章で述べたように日記を文学にするにはテーマが必要であり、『土佐日記』は旅をテーマにした。『更級日記』が地方から京への旅を書くという構想（紀行文）は、この『土佐日記』を受けている。つまり『土佐日記』を「ためし」（先例）としているといっていい。しかし『土佐日記』は「日記」として毎日書いている。『更級日記』の旅での記述はこれまで見てきたように、重なる箇所はあるものの、①伝承を書く、②名所を書く、③景色を書く、④歌を書く、⑤出来事を書く、⑥道程を書くという六種に分類される。つまり毎日記すのではなく、印象に残ったことやおもしろかったことなど、書く日、書くものが選択されているのである。

『平安期日記文学総説』は、文学史として見れば、土佐から京へ旅という時間の限定のなかで毎日記録する『土佐日記』を受けて、『蜻蛉日記』は兼家との関係にテーマを絞ることによって「毎日記す日記」ではなく、書く日、書く記述を選択した日記にしたと述べていた（序章）。要するに『更級日記』は紀行文の構想の点で『土佐日記』を「ためし」（先例）とし、書く対象の選択の点で『蜻蛉日記』を「ためし」（先例）にしているといえる。

そこで問題になるのは、紀行文としての『土佐日記』と『更級日記』の違いである。『更級日記』において分類された六種の記述が『土佐日記』とどのように違うか具体的に見ていこう。

2　『土佐日記』から『更級日記』へ

①　伝承を書く

『更級日記』には下総国の「まのの長者」伝承、武蔵国の竹芝寺伝承、駿河国の富士川伝承が見られた。『土佐日記』(一月二十日)には次のような伝承が見られる。

昔、阿倍仲麻呂といひける人は、唐土《もろこし》に渡りて、帰り来ける時に、船に乗るべきところにて、かの国人《くにびと》、馬のはなむけし、別れ惜しみて、かしこの漢詩《からうた》作りなどしける。飽《あ》かずやありけむ、二十日《はつか》の夜の月出《い》づるまでぞありける。その月は、海よりぞ出《い》でける。これを見てぞ仲麻呂のぬし、「我が国にかかる歌をなむ、神代《かみよ》より神も詠《よ》んたび、今は上《かみ》、中《なか》、下《しも》の人も、かうやうに別れ惜しみ、喜びもあり、悲しびもある時には詠む」とて、よめりける歌、

青海原ふりさけ見れば春日なる三笠の山に出《い》でし月かも

とぞよめりける。かの国人、聞き知るまじく、思ほえたれども、言《こと》の心を、男文字にさまを書き出《い》だして、ここの言葉伝へたる人に言ひ知らせければ、心をや聞き得たりけむ、いと思ひの他になむ

同編集委員会 編
新井晋司・川原秀城・武田時昌・橋本敬造
宮島一彦・矢野道雄・山田慶児

藪内清著作集　全7巻

4回配本

第2巻「漢書律暦志の研究／隋唐暦法史の研究」

既刊 1・3・4

叡智を極めた科学史の碩学、その全容が明らかになる――科学史の諸領域にわたり独自の史観を打ち立て、独創的な研究を生み出すと共に科学史を一つの学問分野として確立した藪内清（一九〇六―二〇〇〇）。単行本未収録の論文、入手困難な著作を中心に多岐にわたる氏の業績を編む。各巻解題・月報付。

■第二巻　菊判上製・472頁　一三、〇〇〇円＋税

2巻：ISBN978-4-653-04442-0
ISBN978-4-653-04440-6（セット）

林巳奈夫 著（京都大学名誉教授）
岡村秀典 編（京都大学人文科学研究所教授）

中国古代車馬研究

本書は、林巳奈夫（一九二五―二〇〇六）が晩年に取り組んだ未刊の論集計画を忠実に引き継ぎ、新たに解題を附して刊行するものである。文字資料の解読と考古遺物・図像類の考証から、中国古代の国家、社会制度、文化事象の詳悉な析出を試みる。編集・解題は岡村秀典。

■菊判上製・760頁　一八、〇〇〇円＋税

ISBN978-4-653-04367-6

冨谷 至 著（京都大学名誉教授）

漢倭奴国王から日本国天皇へ

国号「日本」と称号「天皇」の誕生

京大人文研東方学叢書4

いまなお説の一致をみない国号「日本」、称号「天皇」の誕生の解明を念頭に、紀元前より数世紀にわたって繰り広げられた古代日本の対中国交渉の歴史にせまる。中華世界に従属した「倭」「王」は、いつどのように「日本」「天皇」への脱皮をはかったのか。そしてその思惑とは。多くの日本史研究者を悩ませてきた難題に、中国学者（シノロジスト）が挑む！〈好評重版〉

ISBN978-4-653-04374-4

「いやし」としての音楽
江戸期・明治期の日本音楽療法思想史

われてきたような戦後アメリカを中心とした西洋諸国の音楽療法論の受容に端を発するものではなく、江戸期以前より蓄積されてきた思想的土壌の上に明治期西洋医学を受容し、独自性をもって発展してきたものであることを、緻密な調査により解明するものである。

■Ａ５判上製・290頁　五、八〇〇円＋税

ISBN978-4-653-04368-3

石川久美子 著（目白大学非常勤講師・武蔵大学総合研究所研究員）

「ためし」から読む更級日記
漢文日記・土佐日記・蜻蛉日記からの展開

日記で読む日本史4

文学・歴史の境界を越えて「日記」という大きな枠組から見えてくる、『更級日記』の本質とは？　古記録としての漢文日記の「先例主義」と日記文学の「ためし」を連関させ、相互の共通性・相違性を明らかにしつつ、読解の視点を提示する。気鋭の若手研究者による、まったく新しい『更級日記』論。

■四六判上製・216頁　三、〇〇〇円＋税

ISBN978-4-653-04344-7

國語國文

京都大学文学部国語学国文学研究室 編

大正十五年（一九二六）の創刊以来、実証的な研究を重んじる立場から画期的な論文を掲載しつづけ、国語国文学の分野に貢献してきた本書は、国語学国文学の最新の研究状況をリアルタイムで発信する好資料である。86巻12号で通巻1000号を迎えた。

■87巻9号・10号　Ａ５判　48頁～64頁　九〇〇円＋税

87巻9号：ISBN978-4-653-04419-2
87巻10号：ISBN978-4-653-04420-8

京都大学文学部国語学国文学研究室 編

京都大学蔵 潁原文庫選集 第8巻

最新刊

近世語研究を畢生の研究とした潁原退蔵博士が生涯にわたって収集し学んだ一大史料群、京都大学蔵潁原文庫から、従来未翻刻のもので学術的意義の高い稀覯書を厳選して翻刻（一部影印、索引付）、巻末に詳細な解題を付して刊行する。第8巻は「辞書・抄物・漢籍Ⅱ」。既刊1～7巻。

■第8巻　Ａ５判上製・560頁　一八、〇〇〇円＋税

8巻：ISBN978-4-653-04328-7
ISBN978-4-653-04320-1（セット）

多賀敏行 著（大阪学院大学教授・中京大学客員教授）

「アラブの春」とは一体何であったのか

大使のチュニジア革命回顧録

著者が大使として経験したチュニジア革命の全容を語る。激動の外交の現場、異国での危機状況に直面した当事者にしか語れない、臨場感にあふれた記録であり、歴史の一頁として、現代・未来の社会への警告として、残すべき貴重な体験の記録である。ケンブリッジ大学への留学体験の思い出と、後日談を語る回顧録を巻末に収録。

■四六判並製・242頁　一、九〇〇円＋税

ISBN978-4-653-04369-0

牛村 圭 編（国際日本文化研究センター教授）

文明と身体

古代ローマから、第二次世界大戦まで。人類の歴史の流れで、人の自らの身体へのまなざしは如何なる変貌を遂げてきたのか。異文化異文明という他者どうしの出会いは、相互にどのような衝撃・変化を与えてきたのか。身体を一つの切り口にして、古今東西の事例に対して考察を加え、さらには近代日本の文明観を再検討する。

■四六判上製・296頁　三、六〇〇円＋税

ISBN978-4-653-04397-3

坪井秀人 編（国際日本文化研究センター教授）

戦後日本を読みかえる 全6巻

1 敗戦と占領
2 運動の時代
3 高度経済成長の時代
4 ジェンダーと生政治
5 東アジアの中の戦後日本
6 バブルと失われた20年

■は既刊

――編者のことば――　〈戦後〉は日本の内から外から、しかもそれぞれまったく違う力学のもとでその終末を迎えようとしているのかもしれない。しかし、このような現在だからこそ、〈戦後〉とはどのような時代だったのかを徹底的に検証し、考え直す時なのではないだろうか。人文学の知をここに集めて、臆することなく真っ向から〈戦後〉を読みかえることに挑んでみたい。

■四六判上製・平均270頁　予価三、二〇〇円＋税

ISBN978-4-653-04390-4（セット）

賞《め》でける。

冒頭「昔」とあって、物語（伝承）を語る文体になっている（古橋前掲『日本文学の流れ』）。「まのの長者」伝承も「昔」と書き出されており、伝承を語るスタイルといっていい。唐に渡った阿倍仲麻呂は、帰国に際しての別れの宴において、二十日の夜の月が海から昇るのを見て右の和歌を詠んだ。唐の人にはわからないだろうと思われたが、歌の意味を漢字で書き出し、通訳に説明すると唐の人々は賞賛したという。

これは奈良時代の遣唐留学生である阿倍仲麻呂にまるわる話だが、『土佐日記』の書き手が直接見ているわけではないので、「伝承」として位置づけられる。この仲麻呂伝承の語り出しの前は、

二十日の夜の月出《い》でにけり。山の端《は》もなくて、海の中よりぞ出《い》でくる。かうやうなるを見てや、

とある。二十日の夜、京とは違って今いる場所には山の端がなく、あたかも月が海から出てくるように見えたので、『土佐日記』の書き手は仲麻呂伝承を思い出したのである。つまり『更級日記』のように旅路におけるその土地にまつわる伝承ではない。確かに『土佐日記』が船旅ということはあるだろうが、港でも地元の伝承を聞くことはできるわけで、そういう態度も見られない。要するに『土佐日記』の関心は、その土地の伝承に向かっていないのである。

②　名所を書く

『更級日記』においては先に、「名所」として「隅田川」、「田子の浦」、「しかすがの渡り」、八橋を取り上げた。『土佐日記』では難波に上陸して以降、二月九日に文徳天皇の離宮で後に惟喬親王の御領となった「渚の院」を眺めている。

かくて、船引き上るに、渚の院といふところを見つつ行く。その院、昔を思ひやりてみれば、おもしろかりけるところなり。しりへなる岡には、松の木どもあり。中の庭には、梅の花咲けり。ここに、人々のいはく、「これ、昔、名高く聞こえたるところなり」。「故惟喬《これたかのみこ》親王の御供《おほむとも》に、故在原業平中将の、

世の中に絶えて桜の咲かざらば春の心はのどけからまし

といふ歌詠めるところなりけり」。

「渚の院」の後方の岡に松の木が見え、中庭に梅が咲いていた。かつてここは惟喬親王のお供として来た在原業平が右の歌を詠んだ所であるといっているが、その話は『伊勢物語』（八十二段）にある。その意味で「渚の院」は名所といっていい。ただし『伊勢物語』では「その院の桜、ことにおもしろし」とあって、桜の歌が詠まれているのに対し、『土佐日記』では季節柄、人々は院の「梅」を見て、業平の桜の歌を思い起こしている。

『更級日記』でも「隅田川」において「在五中将の『いざ言問《こと》はむ』と詠みける渡りなり」とあったように、『伊勢物語』の業平の歌を思い出していた。しかし『土佐日記』のように上の句から最後まですべて記しているわけではない。『更級日記』のように一句示すだけでもいいものを、『土佐日記』はわざわざ書いている。『土佐日記』のこの場面の続きは、

今、今日ある人、ところに似たる歌詠めり。
　千代経《へ》たる松にはあれどいにしへの声の寒さは変はらざりけり
また、ある人の詠める、
　君恋ひて世を経《ふ》る宿の梅の花昔の香《か》にぞなほにほひける
と言ひつつぞ、都の近づくを喜びつつ上る。

とあって、人々が惟喬を偲び、見ている「松」や「梅」を取り込んで歌を詠んでいる。しかしその後、都が近づくのをとても喜んで上るとある。新全集『土佐日記』頭注も指摘するように、歌の内容とは直接関係がない。つまり『土佐日記』は「名所」を見てはいるが、結局表現が都への想いに向かっているのである。『土佐日記』が業平の歌をすべて書いているのも、こうした都への想いに通じて、都文化を主張しているように思える。

③ 景色を書く

『更級日記』では相模国の「にしとみ」の山について、

にしとみといふ所の山、絵よくかきたらむ屏風を立て並べたらむやうなり。片つ方《かた》は海、浜のさまも、寄せかへる浪の景色も、いみじうおもしろし。

という記述があった。その山は巧みな絵の描かれた屏風を立て並べてあるようで、海側は浜の様子も寄せ返る浪の景色もとても趣深いと記している。『土佐日記』では景色を書いているところは多くない。その中で例を挙げれば、海が荒れていて室津から船を出せなかった一月十八日の記述に、

この泊《とまり》、遠く見れども、近く見れども、いとおもしろし。かかれども苦しければ、何事も思ほえず。

とある。室津港は遠くから見ても近くで見ても、とてもすばらしいといっている。しかし『更級日記』のようにどういう景色や様子が「いとおもしろし」なのか記述がない。さらに、とてもすばらしいけれども船が出せないのでつらく、何につけても考えが及ばないといっている。新全集『土佐日記』頭注は、「いとおもしろし」ならば当然歌があるべきと、「何事も思ほえず」は何らの歌も思い浮かばないと解釈する。どちらにせよ、風景を書くのなら「いとおもしろし」で止め、その具体的な内容が記されるべき

である。

「何事も思ほえず」以降は、

男どちは、心やりにやあらむ、漢詩《からうた》などいふべし。船も出《い》ださで、いたづらなれば、ある人の詠める、

　磯ふりの寄する磯には年月をいつともわかぬ雪のみぞ降る

この歌は、常にせぬ人の言《こと》なり。また、人のよめる、

　風による波の磯には鶯も春もえ知らぬ花のみぞ咲く

この歌どもを、少しよろしと聞きて、船の長《をさ》しける翁、月日ごろの苦しき心やりに詠める、

　立つ波を雪か花かと吹く風ぞ寄せつつ人をはかるべらなる

この歌どもを人の何かといふを、ある人聞きふけりて詠めり。その歌、詠める文字、三十《みそ》文字あまり七文字。人みな、えあらで、笑ふやうなり。歌主、いと気色悪《けしきあ》しくて怨《ゑン》ず。真似べども、え真似ばず。書けりとも、え読み据ゑ難《がた》かるべし。今日だに言ひがたし。まして後にはいかならむ。

とある。男たちは気晴らしに漢詩を誦《よ》んでいるらしいこと、人々が和歌を詠み合い、うち一人の歌が三十七字で、皆に笑われていることが記される。要するに『土佐日記』は景色を書く方向に向かわないのである。それは先に「室津港はすばらしいけれども、船が出せない（京へ向かえない）のでつらい」とも

あったように、都への強い想いがあるからである。

④歌を書く

『更級日記』の三ヶ月の旅程で見られる歌は、書き手による三首の歌、そして第二句目しか書かれていないが、業平の「いざ言問はむ」の歌のみである。周りの人が歌を詠んだということは記されていても、どのような歌かは書かれていない。高野晴代氏は旅中詠まれ、書かれた歌が、書き手の歌三首しかないことに関して、「これを、詠歌の否定と考えるのではなく、和歌世界を散文の世界に活かそうとした作者の意識」と捉えるべきことを述べている（「『更級日記』の『上洛の記』」福家俊幸ほか編『更級日記の新世界』武蔵野書院、二〇一六年）。一方『土佐日記』は周囲の人の歌も記録し、計六十一首の歌を載せている。五十五日の旅程だから、毎日一首以上の歌を記していることになる。たとえば一月十一日に、

今し、羽根《はね》といふところに来ぬ。若き童《わらは》、このところの名を聞きて、「羽根といふところは、鳥の羽のやうにやある」といふ。まだ幼き童の言なれば、人々笑ふときに、ありける女童なむ、この歌をよめる、

まことにて名に聞くところ羽根ならば飛ぶがごとくに都へもがな

とぞいへる。男も女も、いかでとく京へもがなと思ふ心あれば、この歌よしとにはあらねど、げに、と思ひて、人々忘れず。

とある。「羽根」という地において、子どもがその土地の名を聞いて、まるで鳥の羽のような所だとおもしろがり、別の女の子がその羽で飛ぶように都へ帰りたいと詠んでいる。地名の「羽根」が詠み込まれているように、基本的に旅の歌にはその地名を入れる。大人たちはこの歌をそれほどいいと思っているわけではないが、内容に納得して忘れないといっている。

これまで『土佐日記』で取り上げた歌は、すべて都人のものである。そういう中で土佐国の現地の人が詠んだ歌とそれに対する一行の反応が次のように見られる（一月七日）。

今日、破子《わりご》持たせて来たる人、その名などぞや、今思ひ出《い》でむ。この人、歌詠まむと思ふ心ありてなりけり。とかくいひいひて、「波の立つなること」とうるへ言ひて、よめる歌、

行《ゆ》く先に立つ白波の声よりもおくれて泣かむ我やまさらむ

とぞ詠める。いと大声なるべし。持てきたる物よりは、歌はいかがあらむ。この歌をこれかれあはれがれども、一人も返しせず。

「破子（ヒノキの折詰）持たせて来たる人」が土佐の人である。その人は歌を披露しようという下心があっていろいろな話をし、いよいよ「波が立ちますね」と心配そうに言って、「行く先に立つ白波の音よりも、残されて泣くだろう私の声の方が大きいでしょう」と詠んだという。しかし「船の行く手に白波が立つ」など、これから船出する人に忌むべきことをいっている。書き手もこの人が持ってきた「破

子」にも及ばず、だれかれ感心して見せるけれども、誰一人として返事はしないと記している。つまり現地の人の歌は都の洗練された文化から外れており、馬鹿にされているのである。その後子どもが返歌をするが、子どもの歌では仕方がないと、老人が署名捺印したらいいという話になって、結局そのままになったという。

船子や舵取りがうたう船歌もある（一月九日）。

春の野にてぞ音《ね》をば泣く　若すすきに　手切る切る摘んだる菜を　親やまぼるらむ　姑《しうとめ》や食ふらむ　かへらや

［春の野でさ、声出して泣くよ。若薄でさ、手を切り切りしてさ、摘んでやった菜をさ、親が食っていよう、姑が食っていよう。帰ろうよ。］

夜《よん》べのうなゐもがな　銭乞はむ　虚言《そらごと》をして　おぎのりわざをして　銭も持て来《こ》ず　おのれだに来ず

［夕べの娘っ子来ないかな。来たら銭もらうんだがな。嘘言ってさ、掛け買いにしてさ。銭持って来ずさ、顔も出さないでさ。］

これらの謡を人が「笑ふ」とある。滑稽な謡としてあるため、その内容を笑ったに違いない。またこれらの謡は音数律も整っていない。「摘んだる菜」や「夜《よん》べ」など都の言葉ではなく、いわば方言といっていい言葉が見られる。「まぼる」もこの例以外には見られない(『日本国語大辞典』)。この地方性をも都人は笑ったのかもしれない。

このように『土佐日記』は都の文化から外れるものを軽視し、都の優位性を歌によって示しているといえる。また『土佐日記』が多くの歌を記しているのは、年中行事を実現できない地方(船旅)において、和歌が都の文化を再現できる手段だからだろう。和歌は都の文化の象徴なのである。

⑤出来事を書く

『更級日記』では乳母の出産や遊女に出会ったこと、病気になったこと、柿を拾ったことを取り上げた。『土佐日記』には次のような出来事が記される(一月十三日夜)。

船に乗りはじめし日より、船には紅《くれなゐ》濃くよき衣《きぬ》着ず。それは海の神に怖《お》ぢてといひて、何の葦蔭にことづけて、老海鼠《ほや》のつまの貽鮨《いずし》、鮨鮑《すしあはび》をぞ、心にもあらぬ脛《はぎ》にあげて見せける。

女性らが海に入っている。しかし海そのものを楽しむ方向に表現は向かっていない。着物を「脛」まで捲り上げ、女性の性器を海の神に見せつけたといっている。その形状から「老海鼠《ほや》」は男性の象徴、それに取り合わせる「貽鮨《いずし》」と「鮨鮑《すしあはび》」は女性の象徴と考えられている。「脛」は「すね」といわれているが、着物をすねまでまくり上げても、当然性器は見えないわけで、誇張表現といえるだろう。『倭名類聚抄』（十世紀前半成立とされる辞書）に「脛」は「茎也」とあるので、脚全体を指すかもしれない。内股まで着物を捲ったというわけである。なお飛行の術を得て空を飛んでいた久米の仙人が、吉野川の岸で洗濯をしている若い女の白い「はぎ」を目にし、欲情生じて通力を失い、落ちてしまうという話がある（『今昔物語集』巻十一・第二十四）。はぎを見せることは女のエロスを感じさせる定型的な言い方である。

『土佐日記』はこうしておどけて楽しんでいるのである。大人と子どもの違いはあるが、『更級日記』にはこのような記述はない。『更級日記』であれば、海そのものを楽しむ方向に表現は向かうだろう。ただし普通は海に入らない。

⑥ 道程を書く

先に「歌」の項目において「羽根」という土地を取り上げたが、もう一度引く。

今し、羽根《はね》といふところに来ぬ。若き童《わらは》、このところの名を聞きて、「羽根といふところは、鳥の羽のやうにやある」といふ。

「羽根」というところまで来たと、道程を書いている。そこは土佐国室津港までの途次にある。また子どもは「羽根」と聞いて、鳥の「羽」を連想している。同音だが、これは言葉遊びである。先に触れた「黒鳥のもとに、白き波を寄す」もそうである。『更級日記』にも「景色」と「道程」の項目で取り上げた「もろこしが原」や「名所」の項目で取り上げた「しかすがの渡り」において人々や書き手はその名から言葉遊びをしていた。

「道程」の場面をもう一例挙げる。

二十一日。卯《う》の時ばかりに船出《い》だす。みな、人々の船出づ。これを見れば、春の海に、秋の木の葉しも散れるやうにぞありける。おぼろけの願《ぐわん》によりてにやあらむ、風も吹かず、よき日出《い》で来て、漕ぎゆく。

一月二十一日に室津を出航する時の場面である。何艘かの船に分かれて午前六時頃出たことがわかる。その様子はまるで春の海に秋の木の葉が散ったようだという。待ち焦がれていた気持ちがうかがえる。そして熱心に旅の安全を祈願した甲斐あって風もなく、穏やかな天候の中を漕いでいくといっている。『更級日記』では「太井川」で荷物を運んでいたことや「にしとみ」、「もろこしが原」、「鳴海の浦」では浜辺の、潮が引いてできる「道」を行く様子が記されていた。道程については基本的に双方変わりはない。

3　『土佐日記』と『更級日記』の共通項とその違い

以上のように六種の項目に従って『更級日記』と『土佐日記』を比べてきた。この六項目は旅の日記に共通するもので、紀行文の要素といえる。ただし「①伝承を書く」「②名所を書く」「③景色を書く」の項についていえば『土佐日記』の関心はその土地の伝承や景色そのものに向かわず、結局都への想いに向かっていた。「④歌を書く」の項も、『更級日記』にはおおよそ九十日の旅で自身が詠んだ歌三首と、全て書いているわけではないが、業平の歌一首の計四首しか歌はないのに対し、『土佐日記』は五十五日の間に六十一首の歌があり、和歌を通じて都の文化を再現していることが考えられた。また『土佐日記』は都の文化から外れるものを軽視し、都の優位性を歌によって示しているともいえた。「⑤出来事を書く」では海に入る場面を取り上げたが、やはり海そのものを楽しむ方向で書かれていない。「⑥道程を書く」は基本的には双方変わらず、先に述べたように言葉遊びも共通している。言葉遊びは旅において、ごく普通にありうることである。このように『土佐日記』はその項目の記述そのものに表現が向かわない。あるのは都への想いである。

では『更級日記』と比べて、『土佐日記』にしかない記述はどのようなものだろう。

①　年中行事

『土佐日記』には、年中行事を意識した記述がしばしば見られる。たとえば、一月七日に土佐国大湊

で、

七日になりぬ。同じ港にあり。今日は白馬《あをむま》を思へど、かひなし。ただ、波の白きのみぞ見ゆる。かかる間に、人の家の、池と名あるところより、鯉はなくて、鮒よりはじめて、川のも海のも、こと物ども、長櫃にになひつづけておこせたり。若菜ぞ今日をば知らせたる。歌あり。その歌、

あさぢふの野辺にしあれば水もなき池に摘みつる若菜なりけり

いとをかしかし。この池といふは、ところの名なり。よき人の、男につきて下りて、住みけるなり。

とある。今日は「白馬《あをうま》」を思うという。「白馬」とは、天皇が白馬を見て群臣に宴を賜う宮廷の年中行事（節会）である。しかしここでそのような宮廷の年中行事を思っても何の甲斐もなく、白馬ならぬ白波ばかりが目に入るといっている。また、京から夫に付いて土佐国に下った「よき人」（身分が高く、教養ある人）が諸々の食物を贈ってくれたことが記されている。その中に和歌を添えた若菜があり、今日が春の七草を食する日であることを教えてくれたという。それに対して書き手は「いとをかしかし」といっている。新全集『土佐日記』頭注は「この僻遠の地で、京の習俗に出会った意外さと喜び」を表現したものと指摘している。というのも、先の「白馬」の例もそうだが、一月一日には「芋茎《いもし》（里芋の茎を干した物）、荒布《あらめ》（海藻）も、歯固め（長寿を祈願して三が日に食す大根、瓜、押鮎、猪肉、鹿肉など）もなし。かうやうの物なき国なり」と、土佐には正月に必要なものがないといっている。同月十五日には

「今日、小豆粥《あづきがゆ》（それを食べて一年の邪気を払う行事）煮ず。口惜《を》しく、……」とあり、京にいればするはずの行事ができないという。このように『土佐日記』は都の文化を切に求めているのである。先の若菜の場合のように、それが実現したのは、都の文化を身につけていた「よき人」によってこそだった。

『土佐日記』は十二月二十一日から二月十六日までの旅であるので、右の通り、正月の行事がしばしば見られる。『更級日記』は九月三日からおおよそ三ヶ月の旅であるので、例えば九月九日は重陽である。しかし『更級日記』には一切の年中行事の記事がない。

②　旅の安全祈願

『土佐日記』ではしばしば旅の安全祈願をしていることが記される。たとえば一月三十日に次のようにある。

> 雨風吹かず。海賊は夜歩きせざなりと聞きて、夜中ばかりに船を出《い》だして、阿波の水門《みと》を渡る。夜中なれば、西東《ひむがし》も見えず。男、女、からく神仏《かみほとけ》を祈りて、この水門《みと》を渡りぬ。

海賊を避けて夜中に船を出し、「阿波の水門」（鳴門海峡）を渡るという。暗いので方角もわからず、男も女も、無事にこの海峡を渡れるよう懸命に神仏に祈ったことが記される。そして、寅卯《とらう》の時ばかりに、沼島《ぬしま》といふところを過ぎて、たな川といふところを渡る。からく急ぎて、和泉の灘といふところに到《いた》りぬ。今日、海に波に似たるものなし。神仏の恵みかうぶれるに似たり。

と続く。朝の五時に淡路島の近くの「沼島」を過ぎ、「たな川」を渡って「和泉の灘」に到着したとある。ようやく和泉国に入ることができたわけだが、今日は海に波はなく、神仏の恵みを受けたようだといっている。先の神仏の祈りに呼応している。

旅であれば、当然旅の安全が祈願されるべきだが、『更級日記』には一切そのようなことは記されていない。

③国司としての任務

他に『土佐日記』にしか見られない記述を挙げるとすれば、国司の任務に伴う記述が挙げられる。『更級日記』には、常陸介として任国に赴任した父親が、国司の任務である「神拝《しんぱい》」（着任後国内の所定の神社を巡拝し、五穀豊穣や民生の安定などを祈願する行事）をしたことが記される。しかしこれは父親の手紙に書かれているものを引用したまでで、書き手が書いているわけではない。

『土佐日記』にはたとえば二月十六日に、

かくて京へ行くに、島坂にて、人、饗応《あるじ》したり。必ずしもあるまじきわざなり。発《た》ちて行きし時よりは、来る時ぞ人はとかくありける。これにも返り事す。

とある。入京後、ある人が「島坂」で、なくてもいいもてなしをしてくれたとある。新全集『土佐日記』頭注は「国司が任期中にした蓄財のおこぼれにあずかろうとする一般の風潮に対する不愉快の表明」と指摘する。先に富士川伝承の箇所で取り上げた『枕草子』にも、同様の記述があった。『土佐日記』の書き手は不快に思いながらも返礼をしている。

『土佐日記』にしかない記述は、以上三種を挙げることができる。

4　旅の日記と紀行文

このように『土佐日記』にしかない記述は、①年中行事、②旅の安全祈願、③国司としての任務の三項目である。②旅の安全祈願、③国司としての任務は、序章において『土佐日記』と『時範記』を比較し、『土佐日記』が男の漢文日記を意識しているものと考えられた。①年中行事は『九条殿遺誡』で見たように、漢文日記において重要な記述項目である。やはり『土佐日記』は漢文日記を「ためし」（先例）にしているのである。そして繰り返す通り、『土佐日記』は毎日の出来事が記される。しかし訪れている土地や景色そのものを楽しんだり、おもしろがったりする方向では書かれていない。核にあるのはいわゆる都の文化であり、『土佐日記』は常にそれを求めている。長谷川政春氏が「比喩的な言い方を用いれば、都から土佐への旅が喪失の時間であったとすれば、まさに土佐から都への旅は〈失われた時間〉を回復せんと希求する旅であったはずである」と述べる通りである（新大系『土佐日記』解説）。一方『更級日記』は訪れた土地や風景そのものを楽しんでいる。そういう印象深い場所、場面を選んで書いているのである。これはいわゆる紀行文のスタイルである。

その意味で『土佐日記』は紀行文というより「旅の日記」、『更級日記』は旅の日記というより「紀行文」であるといえる。『土佐日記』に見られる紀行文的な要素を『更級日記』が発展させたのである。その点でひらがなで書かれる、いわゆる紀行文は『更級日記』から始まったといえる。そして次には『更級日記』がいわゆる紀行文の「ためし」（先例）になっていく。

5 『更級日記』が「ためし」になる

たとえば鎌倉時代の『十六夜日記』がある。京から鎌倉までの紀行文のうち、まず「八橋」の場面を見てみたい。

「八橋にとどまらむ」と人々言ふ。暗さに橋も見えずなりぬ。

ささがにの蜘蛛手《くもで》あやふき八橋を夕暮かけて渡りかねつる

十月二十日の記述である。八橋で宿を取ろうと人々がいい、そこに一泊している。しかし辺りは暗くなっていて、橋が見えなくなっていた。書き手は夕暮れになりかけて、蜘蛛の足のように八方に分かれて危なげな八橋を渡れなかったと詠んでいる。『十六夜日記』でも「名所」を訪れていることがわかる。ただしこの場合、八橋に着いたが、わざわざ橋が見られなかった（渡れなかった）ことを記していて、『更級日記』の「何の見所もなし」を思い起こさせる。『十六夜日記』は『更級日記』を踏まえているといえるかもしれない。先に挙げた宮路山の紅葉の描写は、『十六夜日記』が『更級日記』を踏まえているといえるものだった。『十六夜日記』が『更級日記』を「ためし」（先例）にしているからなのである。しかし一方、『更級日記』と同じ場所を取り上げながら、違った書き方をしている箇所もある。『十六夜日記』同月二十六日、駿河国の「清見が関」での描写が、

暮れかかる程、清見が関を過ぐ。岩越す波の、白き衣《きぬ》を打ち着するやうに見ゆるもをかし。

清見《きよみ》潟《がた》年経《ふ》る岩に言問はん波の濡衣幾重《いくかさ》ね着つ

とある。岩を越す波が白い着物を着せかけるように見えるのも面白いといっている。そこで、波の濡衣を何度着たか清見潟の年経た岩に聞いてみようと詠んでいるが、「濡衣」とあることで詠み手が何度もあらぬ非難を受けた意を含んでいると考えられる（新大系『十六夜日記』脚注）。恋の場合もありうるが、訴訟を気にしてのことがあるだろう。この書き方は『更級日記』とは異なる。また『海道記』には、清

見が関の関所跡を訪ねると、関を通る者から取り上げて積み上げた布が石になったという伝説をもつ石だけがあったことが書かれている。やはり『更級日記』とは違う。ただ強いていえば、富士山の「色濃き衣《きぬ》に、白き衵《あこめ》」で衣を連想させ、『十六夜日記』の「濡衣」、『海道記』の布の伝説が呼び起こされた可能性もある。

右に例として挙げた箇所は『更級日記』で取り上げられていたところだが、『更級日記』が「ためし」になるというのは、何も『更級日記』と同じ場所を訪れ、記述するとは限らない。『更級日記』のように印象に残った景色を書いたり、名所を訪れたことを記す、そのスタイルをいっている。スタイルができればどこを訪れても書けるのである。また「ためし」になるといっても、紀行文の書き手が『更級日記』を読んでいるということでもない(7)。そういう問題ではなく、文学史的に見たときの問題である。『更級日記』の書き手が『土佐日記』を「ためし」にしたといっているのと同じ意味である(こういう書き手は読んでいるに違いないと思われるのだが)。

このように『更級日記』は中世の、いわゆる紀行文の「ためし」になった。ただしそうした紀行文の中には毎日記されているものもある。これは「日記」としての性格が再び問題になったからだろう。

コラム④　方言と共通語

『更級日記』の、地元の人が語ったという富士川伝承には方言がなかった。竹芝寺伝承も地元の人が語った可能性があるが、方言はない。一方『土佐日記』では、先に取り上げた船子や舵取りがうたう船歌に方言と考えられるものが見られた。

平安初期の『東大寺諷誦文稿』には次のような記述がある。(注)

各《ミ》世界《ニ》於《テ》、正法《ヲ》講説《スル》者《ハ》、詞、无导解《ナリ》、謂《ク》、大唐、新羅、日本、波斯、混崘《崐》、天笠《竺》《ノ》人集《マレハ》、如來《ハ》一音《ニ》風俗ノ方言随《ニ》《ヒテ》聞《カ》令《メタマフ》、假令《ヘハ》此《ノ》當国《ノ》方言、毛人《ノ》方言、飛驒《ノ》方言、東国《ノ》方言、假令《ヘハ》飛驒《ノ》国《ノ》人《ニ》對《むか》《ヒテハ》[而]飛驒《ノ》国《ノ》詞《ヲモチテ》聞《カ》令《メテ》[而]説《キタマフ》云、譯語通事《ノ》如《シ》、

それぞれ国の言葉があり、如来は通訳のようにその土地の言葉で法を説くという。現在も方言はあり、その方言が他県の人に理解できない場合があるが、このように古代においても、当然それぞれ国の言葉が異なっていたのである。ここには「毛人」(蝦夷)、「飛驒」、「東国」が登場する。これらの地域は方言が色濃い地域と認識されていたことがうかがえる。

『万葉集』の「東歌」にも例えば、

さ衣の小《を》筑波《づくは》嶺《ね》ろの山の崎忘ら来《こ》ばこそ汝《な》を懸けなはめ　（巻一四・三三九四・常陸国の歌）
陸奥《みちのく》の安達太良《あだたら》真弓弾《はじ》き置きて反《せ》らしめ来《き》なば弦《つら》はかめかも　（巻一四・三四三七・陸奥国の歌）

とある。一首目の「わすら（忘ら）」は「わすれ（忘れ）」の訛り、「なは」は打消「なふ」の未然形で、東国語といわれ、二首目の「せら」は「そら（反ら）」の訛り、「つら」は「つる（弦）」の訛りとされる。このように「東歌」には方言が見られる。ただし小松英雄氏は「全体がナマの東国方言」であることはみなしにくく、「方言」といっても、都人が理解できる程度に洗練されていると述べている（新装版『日本語はなぜ変化するか』笠間書院、一九九九年）。要するにそれぞれの国には、それぞれの国の言葉があるが、歌で確認できる古代の方言は、当時の日常の言語状況そのものではなく、あくまでも歌から見ることの出来る「方言」であること、ゆえに日常的につかわれる方言は、より色濃かったことが考えられるのである。

そういう中で『万葉集』には常陸、播磨、対馬で詠まれた、その国名の冠された「娘子《をとめ》」の歌と上総の郡司の妻の歌が見られる。東国から九州にまで及んでいる。しかしいずれも方言がない。和歌が国（地域）の言葉を超えて、全国共通しているのである。つまり「共通語（宮廷語）」が和歌なのである（古橋『雨夜の逢引』大修館書店、一九九六年）。古橋氏は、歌はスサノヲによって高天原からもたらされた「神々のことば」であることによって、どの地域にも依拠しない、公平な言葉、かつ権威ある言葉であるために「共通語（宮廷語）」たりえたという。それは地域を越えた都市の生活が始まる奈良時代に起こり、さらにこの和歌が広まっていくと述べている。

話を戻せば、『更級日記』の地元の伝承に方言がないということは、書き手によって翻訳されていることが考えられる。こうして『更級日記』は紀行文を確立しようとしているのかもしれない。『万葉集』以来、地方の伝承は柿本人麻呂や高橋虫麻呂によって都の文化に合うように翻訳、翻案されていると古橋氏は述べている（『柿本人麿』ミネルヴァ書房、二〇一五年）。

（注）築島裕編『東大寺諷誦文稿總索引』汲古書院、二〇〇一年。凡例によれば（　）内は編者が原本当時の訓み方を再現することを試み、補ったものである。

第二章　登場する人々

本章では『更級日記』に登場する人物を取り上げる。そこで書き手（孝標の娘）がどのようにその人物を見ているか、接しているかを考え、『更級日記』における人間関係を捉えてみたい。その際、本文には何歳の頃のことかという記述はないが、適宜注釈書の推定年齢を参照する。第一章でも触れたように、序以降は日付が書かれ、いわゆる「日記」の本文がはじまっている。それは基本的に事実を記録するスタイルである。ならば実人生と対応できるはずである。『更級日記』は約四十年という時間の間での記述であり、しかもその記述は飛び飛びで、書かれていないことも多くある。そういう『更級日記』でも、実年齢を見ることで人生の再構築ができる。ただし人物像、人間関係を見るといっても、日記本文に記されることは日常の一場面、もっといえば場面の一部でしかない。時期によっても、日によっても、書き手の感じ方、捉え方は違い、どこの部分が書かれているかによっても、その人物に対する見方や関係の捉え方は異なってくる。そういうことがあることも心得ておかなくてはならない。

一、継母

『更級日記』に最初に登場するのは、姉と継母である。書き出しには次のようにあった。

いかに思ひはじめけることにか、世の中に物語といふもののあんなるを、いかで見ばやと思ひつつ、つれづれなる昼間宵居《よひゐ》などに、姉、継母《ままはは》などやうの人々の、その物語、かの物語、光源氏のあるやうなど、ところどころ語るを聞くに、いとどゆかしさまされど、わが思ふままにそらにいかでかおぼえ語らむ……

姉や継母たちから『源氏物語』をはじめとする物語のことを日中の暇な時や寝床で聞いて、物語に対する憧れをもったとある。ここでは継母を取り上げるが、継母が物語を語れるのは、自身、物語を読んでおり、さらに、

継母なりし人は、宮仕へせしが下りしなれば……

とあるように宮仕えをし、雅を身につけていたからだろう。

梅をめぐる約束

右の引用部は入京してまもなくの場面に書かれている。そして、

思ひしにあらぬことどもなどありて、世の中うらめしげにて、外《ほか》に渡るとて、五つばかりなる児《ちご》どもなどして、「あはれなりつる心のほどなむ、忘れむ世あるまじき」など言ひて、梅の木の、つま近くていと大きなるを、「これが花の咲かむ折は来《こ》むよ」と言ひおきて渡りぬるを、心の内に恋しくあはれなりと思ひつつ、しのび音《ね》をのみ泣きて、その年もかへりぬ。いつしか梅咲かなむ、来むとありしを、さやあると、目をかけて待ちわたるに、花もみな咲きぬれど、音もせず。思ひわびて、花を折りてやる。

頼めしをなほや待つべき霜枯れし梅をも春は忘れざりけり

と言ひやりたれば、あはれなることども書きて、

なほ頼め梅の立ち枝《え》は契りおかぬ思ひのほかの人も訪《と》ふなり

と続く。ともに東国へ下った継母は、父との関係がしっくりいかなくなり、五歳ほどの子どもを連れて出て行くことになったと書かれている。御物本傍注に「上総大輔、後拾遺作者、中宮大進従五上高階成行女、孝標朝臣為上総時為妻、仍号上総」とある。継母が出ていった理由については、豪華な生活を夢見ていたが期待を裏切られたことに原因を求める説（原岡文子『更級日記』角川ソフィア文庫）、孝標との不仲はもちろん、書き手の「実母との、いわば妻妾同居」に原因を求める説（新全集『更級日記』頭注）、直接書いているわけではないが、臨時雇いの国司妻ゆえ別れるのは必然とする説（古橋前掲『平安期日記文学総説』）がある。また津本信博氏はこの子どもが孝標との間の子であると考えているが（前掲『更級

日記の研究』）、孝標の子でない可能性もある。

継母は出て行く際、軒先近くの大きな梅の木を指さして、「この花が咲く時期にきっと参りましょう」と言い残したとある。恋しく思い、ひっそり泣いているうちに年は改まり、梅の花はみな咲いてしまったというのに、継母からは何の音沙汰もない。書き手は思いあぐねて、なおも当てにして待ち続けなくてはならないのでしょうか、冬に霜枯れていた梅でさえ春を忘れず、このような花を咲かせましたと、梅の枝につけて贈った。すると継母はしみじみとしたことばを綴って、返歌を贈ってきた。笹川伸一氏によれば、歌における「立ち枝」（高く伸びた枝）は梅の場合が多く、たとえば『拾遺和歌集』（巻一・春・一五）に、

わが宿の梅の立ち枝や見えつらむ思ひの外に君が来ませる
［我が家の高く伸びた梅の枝が見えたのだろうか。思いがけず、あなたが来られた］

とあるように、「人を招くもの」として詠まれるのが一つの様式であるという（『歌ことば歌枕大辞典』）。諸注、継母の歌はこの歌を踏まえると指摘する。ちなみに平安末期の歌学書『和歌童蒙抄』（二〇三）には、

なほ頼めしめぢが原のさしも草我が世の中にあらむ限りは

と見られる。「さしも草」はヨモギの異名であるが、「さ」(然)を強調した「さしも」が掛けられ、私がこの世に生きている限り、やはりそのように期待していなさいといっている。継母の歌と同じ発想である。

すると継母の歌は、『拾遺和歌集』の歌を踏まえ、梅の立ち枝に誘われて約束していない、思いがけない人(「契りおかぬ思ひのほかの人」)が来るというのだから、約束した私はなおさら行きますよと詠んでいるといえる。だからこそ継母は「あはれなること」を綴り、「なお頼め」(なお当てにしてお待ちなさい)といっているのである。

なお書き手と継母のこのやり取りは、『更級日記』の最初の贈答歌である。

姉の死をめぐる歌

次の場面でも、継母は歌をもって登場する。書き手が十七の年の五月、姉が亡くなった。

A

乳母《めのと》なりし人、「今は何につけてか」など、泣く泣くもとありける所に帰りわたるに、

「ふるさとにかくこそ人は帰りけれあはれいかなる別れなりけむ

昔の形見には、いかでとなむ思ふ」など書きて、「硯《すずり》の水の凍れば、皆とぢられてとどめつ」と言ひたるに、

かき流すあとはつららにとぢてけり何を忘れぬ形見とか見む　①

と言ひやりたる返りごとに、

慰さむるかたもなぎさの浜千鳥なにか憂き世に跡もとどめむ　②

Ｂ

この乳母《めのと》、墓所《はかどころ》見て、泣く泣く帰りたりし、

昇りけむ野辺《のべ》は煙《けぶり》もなかりけむいづこを墓と尋ねてか見し　③

これを聞きて、継母なりし人、

そこはかと知りてゆかねど先に立つ涙ぞ道のしるべなりける　④

かばねたづぬる宮、おこせたりし人、

住み慣れぬ野辺の笹原あとはかもなくなくいかにたづねわびけむ　⑤

これを見て、兄人《せうと》は、その夜送りに行きたりしかば、

見しままに燃えし煙は尽きにしをいかがたづねし野辺の笹原　⑥

その後、姉の乳母は家を出、もと住んでいたところへ帰っていた。四十九日の法要が終わったからだろう。書き手は①で姉の形見として残って欲しいと訴えたが、乳母は残れないと②で応えている。

以上のA部は、Ｂ「この乳母、墓所見て、泣く泣く帰りたりし」と続くわけだが、繋がり方が唐突である。それに「この乳母」という言い方は、前のA全体を受けていることを示す。要するに右の場面は

二つに分けられる。

B部は③の書き手の歌があり、「これを聞きて」④の継母の歌が続く。しかし次にはまた唐突に「かばねたづぬる宮、おこせたりし人」とある。この人は姉の死後『かばねたづぬる宮』という物語を贈ってくれた親戚であるが、この人の⑤歌は何に対して詠まれたものか書かれていない。ならば前を受けているとしか考えられない。つまりわかりやすくいえば、「かばねたづぬる宮、おこせたりし人」の前に「これを聞きて」が省略されており、④と⑤歌は③の書き手の返歌として並列されているということである。すると③、④、⑤は同時に詠まれた可能性が高い。それも次に「これを見て」とあるが、ここでは「これを聞きて」とある。噂に聞いたのかもしれないが、書き手、継母、親戚は一緒にいると考えてもいいくらいだ。姉の月忌（月命日）だろうか。その後、兄が⑥歌を詠んでいる。「これを見て」とあるゆえ、兄の⑥歌と③〜⑤歌には時間差があるかもしれない。

歌を見てみよう。③で書き手は、乳母が姉の墓を見て泣く泣く帰ったことにつけて、亡き姉が煙となって昇っていった野辺にはもう煙もなかったでしょうに、どこを目あてにお墓を尋ねたのでしょうと詠んでいる。上野勝之氏に教えていただいたことを踏まえていえば、乳母の墓参は当時の一般的な葬送作法の一環とは言い難いが、個人的な惜別のために火葬塚（火葬の場所につくった簡単な墓）に出向いて別れを告げたものと考えられる。書き手の歌を受けて継母は、「そこはかに」に「墓」を掛け、姉の乳母はそこが墓だとはっきり見当をつけて行ったわけではないでしょうが、先に立って流れる涙が道しるべだったのですねと返している（④）。書き手と一緒にいるとすれば、即座に状況を捉えて、うまく応えている。先の梅の歌も『拾遺和歌集』を踏まえて適切に応えていた。継母は歌を詠む才に長けている。書き手は歌の詠み方を継母から学んでいると思われる。ちなみに、涙を道しるべと表現することは『後拾遺和歌集』（巻十・哀傷・六〇三）に、

先に立つ涙を道のしるべにて我こそ行きていはまほしけれ

とある。

次の⑤の親戚の歌は、人も住み慣れない野辺の「笹原」は道の跡もなく、乳母は泣きながらどれほど墓を探しあぐねたことでしょうと詠まれている。そして⑥で兄は、見る見る火葬の煙は燃え尽きてしまったのに、目当てのない野辺の「笠原」をどうやって乳母は尋ねていったのでしょうと詠んでいる。⑤の歌に「笹原」とあるゆえ、⑥は⑤を受けた歌としてあると解せる。また兄の歌は「その夜送りに行きたりしかば」とあって、姉の野辺送りの折の歌といえる。すると先に書き手が③で「昇りけむ」と野辺送りの煙を詠んでいることと矛盾する。そこで諸注は、この兄の歌が野辺送りの夜を思い出して詠んだ歌と解釈している。ならば書き手らの歌と兄の歌は詠んだ時間が異なっており、書き手、継母、親戚が一緒にいる場はやはり姉の月忌だろうか。ちなみに『源氏物語』（桐壺）には桐壺の更衣が亡くなった折、その母親が「御送りの女房の車にしたひ乗り給ひて」と、野辺送りの女房の車に隠れて同車したことが見られる。集成『源氏物語』頭注は「当時の葬式は、普通男親、夫、兄弟が送り、女親は行かな

かった」と指摘している。『更級日記』でも女親族は野辺送りに行っていない可能性は高い。少なくとも書き手は③の歌によって行っていないとわかる。

それにしても、この場面で一番の問題は姉の死についてであるのに、継母はそれに関してなにも言っていない。ならばこの贈答歌以前に、直接的に姉の死に関するやり取りがあったと考えるのが自然である。先に一緒の場にいることも考えられた。出ていった継母との交流が続いていたことがうかがえる。我々はシンデレラや『落窪物語』のように継子いじめを思いがちである。しかしそれは話型であって、継母と良好な継子も当然いるだろう。『更級日記』はそうした現実のいったんを語っているようにも思える。

継母の名と決別

継母に関わる最後の場面を見てみよう。継母は上京後、後一条天皇の中宮威子に仕えた。候名は孝標と供に下向した国名にちなんだ「上総大輔」である。角田文衞氏によれば、平安中期以降、女房の候名が確立し、主として父、やむを得ない場合には夫、兄弟、祖父などの官職名に因んだという（『日本の女性名（上）』教育社、一九八〇年）。孝標と別れているのに「上総」と名付けられるのはおかしいから、上京後すぐ、別れる前から仕えていたと考える方が自然である。

継母なりし人、下りし国の名を宮にも言はるるに、異人《ことひと》通はして後も、なほその名を言はると聞きて、親の、「今はあいなきよし言ひにやらむ」とあるに、

朝倉や今は雲居《くもゐ》に聞くものをなほこのまろが名のりをやする

継母は別の男を通わせても、なおも「上総大輔」と呼ばれていたという。和泉式部も、前夫橘道貞《みちさだ》が赴任した国名にちなんで「和泉式部」と呼ばれ続けていたが[1]、それを聞いた孝標は「今はその名乗りが不都合だという申し入れをしよう」というので、書き手（十九歳頃）が父親の代わりに、「（朝倉や）今は手の届かない宮中にいると聞きますが、なおも私の名を使うのでしょうか」と詠んだとある。この書き手の歌は神楽歌の、

本　朝倉や　木《き》の丸殿《まろどの》に　我が居《を》れば
末　我が居れば　名告りをしつつ　行《ゆ》くは誰《たれ》　一説、「行くは誰《た》が子ぞ」とも

を踏まえている。「朝倉」とは、斉明天皇が百済救援に筑紫へ赴いた時に造営した朝倉橘広庭宮、「木の丸殿」とは皮を削らないままの黒木造りの宮殿であり（新全集『神楽歌』頭注）、朝倉の黒木の御殿に私がいると、名乗りをしながら行く者があるが、誰かと問うている。書き手の歌はこの神楽歌を踏まえ、「木の丸」に「この麿」（私）を掛けて、「私」の名を使うことを非難している。「雲居」は宮中のことで、

宮中にいる継母と「木の丸（殿）」（地下《じげ》）にいる「私」が対比され、言いたいことがストレートに表現されている。

このように書き手は孝標と継母の間を取り持ち、継母に名を替えるよう歌で訴えている。言いにくいことは右のように和歌で訴える場合がある。たとえば『大和物語』（三二、三三段）には位階を上げてほしいことを歌で訴えている例が見られる。それにしても、この場面で継母の返歌はない。さらにこの後、継母の記述は見られなくなる。この訴えの歌によって、書き手が継母と決別したことを思わせる。

歌、雅を学ぶ

このように継母が登場するのは、物語を聞かせる場面か書き手との歌のやり取りの場面に限られる。(2)日記内において書き手の最初の贈答歌の相手は継母であり、継母は歌のつくり方に長けていた。これは継母が宮仕えをし、雅な文化を身につけていたからだろう。それゆえ書き手は継母から歌のつくり方、雅を学んでいたのである。そして「朝倉や」の歌を送って以降、継母と関係をもたなくなっている。それは書き手が、継母から学ぶことを卒業したということでもあるに違いない。

二、実母

実母との再会と物語

実母が最初に登場するのは旅が終わり、自宅に着いた直後の場面である。

広々と荒れたる所の、過ぎ来つる山々にも劣らず、大きに恐ろしげなる深山木《みやまぎ》どものやうにて、都の内とも見えぬ所のさまなり。ありもつかず、いみじうもの騒がしけれども、いつしかと思ひしことなれば、「物語求めて見せよ、見せよ」と母を責むれば、三条の宮に、親族《しぞく》なる人の、衛門《ゑもん》の命婦《みやうぶ》とてさぶらひけるたづねて、文《ふみ》やりたれば、珍しがりて喜びて、「御前《おまへ》のをおろしたる」とて、わざとめでたき冊子《さうし》ども、硯の箱の蓋に入れておこせたり。うれしくいみじくて、夜昼これを見るよりうち始め、またまたも見まほしきに、ありもつかぬ都のほとりに、誰かは物語求め見する人のあらむ。

アヅマから京へ着いて早々、書き手は「物語を求めて見せてください、物語を求めて見せてくださ い」と実母にせがんだことが語られる。物語に対する渇望と母親に対する甘えがあるだろう。

しかしアヅマに下っていた書き手は、実母と四年ぶりに会ったはずである。久々の再会の様子や気持ちなどまったく書かれていない。福家俊幸氏は「実母は上総には同行していなかったと考えられるが、ことはそれほど単純ではないかもしれない」とし、「母の姿が捨象されている可能性」を指摘している（『更級日記全注釈』）。この問題については後に触れることにしよう。

話を右の引用部に戻せば、書き手の母は娘に物語を求められたので、親戚の「衛門の命婦」という名で三条の宮に仕える人のもとに手紙を贈ったという。すると「衛門の命婦」は、三条の宮から下賜された立派な冊子の物語を硯箱の蓋に入れて贈ってくれたとある。

実母は『蜻蛉日記』の書き手である道綱の母の異母妹といわれる。物語の書き手は物語の読み手だから、母方の親戚が本を持っている可能性がある。しかしそもそもなぜ書き手は父でも、継母でもなく、実母に頼ったのだろうか。他にも、

かくのみ思ひくんじたるを、心も慰めむと心苦しがりて、母、物語など求めて見せ給ふに、げに自づから慰みゆく。紫のゆかりを見て、続きの見まほしくおぼゆれど……

とある。帰京した翌年、旅路で出産し、一行とは別に上った書き手の乳母が亡くなった。さらに書き手は藤原行成の娘の筆跡を手習いの手本にしていたのだが、この姫君も亡くなり、ふさぎ込んでいた。そのような折、母が心配し、物語を探して見せてくれたので、気持ちは自然と晴れていったという。「紫

のゆかり」（『源氏物語』）を見て、その続きが見たいとも言っている。しかし母親が具体的に誰を頼って物語を手に入れたのかは記されていない。先のように親戚に伝《つて》を求めたのかもしれない。いずれにせよ、母はふさぎ込む娘のために、好きな物語を探して見せたのである。

さらに、

親の太秦《うづまさ》に籠り給へるにも、ことごとなく、このことを申して、出《い》でむままにこの物語見はてむと思へど、見えず、いとくちをしく思ひ嘆かるるに、をばなる人の田舎より上りたる所に渡いたれば、「いとうつくしう、生ひなりにけり」などあはれがり、めづらしがりて、帰るに「何をか奉らむ。まめまめしき物は、まさなかりなむ。ゆかしくし給ふなるものを奉らむ」とて、源氏の五十余巻《よまき》、櫃《ひつ》に入りながら、在中将、とほぎみ、せり河、しらら、あさうづなどいふ物語ども、一袋とり入れて、得て帰る心地のうれしさぞいみじきや。

とある。親に従って太秦（広隆寺）に参籠した折も、『源氏物語』全巻を読めるように祈ったという。そしてある日、おそらく夫の赴任先である地方から帰京したおばのもとへ行くと、おばは久々に会った書き手がとてもかわいらしく成長したことを喜び、帰り際に「欲しがっていると伺っているものを差し上げましょう」といって、『源氏物語』五十余巻を櫃に入れて渡してくれたというのである。その上『在中将』（『伊勢物語』）、『とほぎみ』、『せり河』、『しらら』、『あさうづ』も袋に入れてくれ、そのうれしさといったらこの上ないといっている。

『更級日記全注釈』は書き手の「おば」といえば「『蜻蛉日記』の作者、藤原道綱母が想起されるが、仮に存命としても八十代後半にかかろうとしている年齢であり、この地方官の夫とともに上京してきたような書き方とは齟齬が生じる」と述べている。この「おば」が父方か母方かもわからないが、道綱母のような物語の書き手の親戚が母方にいることを考えれば、母方である可能性は高いかもしれない。

主婦権

この例は置いておいても、以上のように書き手が十代の頃、母は物語を求める手助けをする人物として登場する。そうして娘の心を満たし、時に慰めたのである。これは子どもの心身の管理をすることと同意である。こうした子どもの心身の管理のみならず、夫や他の家族の心身の管理を母親がすることを古橋氏は「主婦権」と述べている（平成二十四年度武蔵大学日本文学講義）。「心身の管理」をよりわかりやすくいえば、家族の食事をつくること、着物を縫うこと、洗濯をすること、旅の安全を祈ることなどである。これらは文献で確認できる。「男は外で働き、女は内を守る」という言葉があったが、分業として父親は外との関係を取りもち、主婦である母親は内を守るのである。この役割から考えれば、上総国に下る折、実母は主婦として家の管理をするため、京に残った可能性が高い（古橋前掲『平安期日記文学総説』）。また「主婦権」とは主婦の権利であり、義務でもある。当然子どもの管理や教育には父親や乳母、継母も関わるが、それを統括しているのが「主婦」なのである。特に女の子の場合はそうである。たとえば『落窪物語』（巻二）では、父親が落窪の部屋をのぞき、娘のひどい身なりを見て、継母に衣を着せるように言う場面がある。継母はいつも与えているが、本人が着ないのだと嘘をつき、父親はそれ以上口出しできず、引き下がってしまう。また継母は、娘の婿の装束を落窪に縫わせているが、その婿が装束を褒めたことを女房らが継母に報告する場面もあり、継母は落窪に知らせるなと返事をする。『落窪物語』の場合、落窪の実母は亡くなっているので継母になるが、このように母親が家の統括をしている様子がわかる。もちろん今述べたことは原則であって、例外のない例はない。

『万葉集』にも「主婦権」がうかがえる歌がある。

玉垂れの小簾《をす》の隙《すけき》に入《い》り通ひ来《こ》ね　たらちねの母が問はさば風と申さむ　（巻一一・二三六四）

たらちねの母が手離れかくばかりすべなきことはいまだせなくに　（巻一一・二三六八）

一首目は通ってくる男に対して、すだれの隙間から入ってくるよう詠んでいる。母が何の音かと問うたら、風の音と言っておくというのである。二首目は、母の手を離れて好きなように恋してみたものの、これほど途方にくれる恋はしたことがないのに、恋なんてしなければよかったといっている。今でいえば監視にあたるだろうが、そうした母の役割が「主婦権」である。こういう歌に「父」とあることはない。『篁物語』でも娘と異母兄の禁忌の恋を知った母親が娘を部屋に閉じ込めてしまう。

世代間の対立

次に書き手が二十代後半の頃の記述を見てみよう。

母いみじかりし古代の人にて、「初瀬には、あなおそろし、奈良坂にて人にとられなばいかがせむ。石山、関山越えていとおそろし。鞍馬はさる山、率《ゐ》て出《い》でむ、いと恐ろしや。親上りて、ともかくも」と、さし放ちたる人のやうに、わづらはしがりて、わづかに清水に率《ゐ》て籠りたり。それにも、例の癖は、まことしかべいことも思ひ申されず。……

まず気になるのは母のことを「いみじかりし古代の人」（たいそう古めかしい人）といっていることである。その母親は物詣の場所を決めるのに「初瀬詣（長谷寺）はああ恐ろしい、奈良坂で悪人にさらわれたらどうしよう。石山寺は逢坂山を越えていくのでとても恐ろしい。鞍馬寺へ行こうにも、鞍馬山はあの通りの険しい山で、あなたを連れていくなどたいそう恐ろしい。父上が上京したら何とか」といい、「私」を突き放し、除け者のように厄介がって、かろうじて清水寺参籠に連れて行ってくれたという。『今昔物語集』（巻十二・三十九）に奈良坂で盗人が聖人を襲うことが記されているように、「奈良坂」は「古来、物騒な場所」として知られている（新全集頭注）。「関山」は逢坂の関で、人が盗人らに襲われる場面がやはり『今昔物語集』（巻二十六・十八）に見られる。鞍馬山の「僧正《そうじょう》が谷」には天狗が住んでいるとされ、牛若丸がこの天狗に兵法を教わったという伝説がある。母親はこういう物騒なところに娘を連れて行く不安が大きかったといえる。心配性なのだろう。そして『篁物語』に見られるように、物詣は出逢いの場でもある。「父上がいれば」といっているのは、未婚の娘を連れて行く不安もあったのではないか。そうした態度が書き手には「いみじかりし古代の人」とうつっていたのである。『蜻蛉日記』も母のことを「古代の人」「古代なる人」と書いている。(3) 兼家からの求婚の折、和歌の返事を躊躇う書き手に「古代」の人が礼儀正しく返歌せよといっている。若い人から見れば、古い時代の人のように感じ、母親を「古代」の人と捉えていることがわかる。『源氏物語』(手習)では中将の恋心に気づかずに対応する「古代の人」(尼)が描かれ、『枕草子』(二五四段)では「古代の人」の身支度を問題にしている。これらはセンスの問題をいっているのだろう。「古代の人」というのはいわば世代間の対立の表現で、いい意味でいえば伝統的なことを重んじる人だが、悪い意味でいえば時代遅れの人と捉えることができる。以下でも触れるように、先の母親の対応は、その世代の人からすればいたって普通かもしれないが、書き手は時代遅れの人として母を見ているといえる。

書き手が三十二歳頃、宮仕えの話が来た折にも、

古代の親は、宮仕へ人はいと憂きことなりと思ひて、過ぐさするを……

とある。この「親」には父も含まれるという見解もあるが(集成『更級日記』頭注)、「古代の親」は大切

に育てた娘を外に出して、へんな虫がつくことを心配し、宮仕えに反対したことが書かれている。たとえば『篁物語』では、親は娘に漢籍を習わせようとするが、「知らぬ人よりは」ということで異母兄の篁が家庭教師となったことが語られる。大切な娘に接する教育係に見ず知らずの人を置き、二人の間によからぬことが起こることを防ごうとしたのである。それゆえ異母兄が呼ばれたわけだが、その親の意図に反し、二人は禁忌を犯して通じてしまう。『大和物語』（一五五段）にも、大納言が美しい娘を大切に育て、ゆくゆくは帝に奉ることを考えていたとある。しかしコラム②にあるように内舎人がこの姫君を盗み出してしまう。『更級日記』の書き手の親は娘を帝に奉ることを考えているわけではないが、それでもかつて父親は「わが身よりも高うもてなしかしづきて見むとこそ思ひつれ」と述べており、自分の身分より高く娘を遇したいと思っていた。このようにどの親も、娘をいわば「深窓の姫」として置いておきたかったのである。新大系『更級日記』頭注も、女房は「人前に顔をさらさなければならないこともあるいやな職業だと思って、良家の子女のなるものではない」という親の思いを示している。

　結局書き手は、「今の世の人は、さのみこそは出《い》でたて。さてもおのづからよきためしもあり。さても試みよ」（今の時代の人は皆出仕するものですよ。そうすれば自然に幸運を掴む例もあります。そうしてごらんなさい）と言う「人々」の勧めで宮仕えに出ることになる。娘は嫁ぐまで家の内で育てられるべきと考える「古代の親」と、宮仕えに出ることに積極的な「今の世の人」とが対比されている。「今の世の人」に対して、親の考え方は古風、保守的ということになるだろう。『枕草子』（二二段）には、

「なほ、さりぬべきからむ人の娘などは、さしまじらはせ、世のありさまも見せならはさまほしう、典侍《ないしのすけ》などにて、しばしもあらせばや」とこそ、おぼゆれ。宮仕へする人をあはあはしう、わるきことに、いひ思ひたる男などこそ、いとにくけれ。……上などいひて、かしづき据ゑたらむに、心にくからずおぼえむ、ことわりなれど、また、「内裏《うち》の典侍《ないしのすけ》」などいひて、折々内裏へ参り、祭の使などに出でたるも、面立たしからずやはある。さて、籠もりゐぬるは、まいてめでたし。受領の五節出《い》だす折などいと鄙び、いひ知らぬことなど、人に問ひ聞きなどはせじかし。心にくきものなり。

と見られる。書き手は、しかるべき身分の娘はいろいろな人に会い、世間の様子を見習わせるべきと宮仕えを勧め、宮仕えする女性をよくないと言っている男性は憎らしいと述べている。また、確かに宮仕え経験者を北の方として迎え入れれば、奥ゆかしさは感じないだろうが、妻がたとえば典侍として時々参内し、祭の使いとして選ばれれば、夫として名誉なことであるとし、こうした経験を積んで家庭に落ち着くのはなお結構であるともいっている。そして受領が五節の舞姫を出す折など、妻が宮仕え経験者であれば、田舎くさくて話にならないことを人に尋ねたりはしない、それが本当の奥ゆかしさであると主張するのである。世間に交じって宮仕えする女性は「今風」ということである。

「古代の人」であり、「古代の親」でもある母だが、このように見てみると、保守的、古風な考えは母特有のものではなく、当然起こりうる世代間の対立としてあったことがいえる。

先に述べてきた物詣に戻れば、そもそも母親は書き手を危険な物詣に連れて行くことを厄介がっているので、諸注は、今回の物詣は書き手が母親に頼んだと解する。しかし先に見たように、それは母親の心配性に起因する面もあり、何より書き手は物語好きの「例の癖」が邪魔をして、真面目なことを祈願する気にはなれなかったと言っている。そうすると母親が書き手を連れて行ったとも解せるのではないか。というのも、その続きに、

母、一尺の鏡を鋳させて、え率《ゐ》て参らぬ代はりにとて、僧を出《い》だし立てて初瀬に詣《まう》でさすめり。「三日さぶらひて、この人のあべからむさま、夢に見せ給へ」など言ひて、詣でさするなめり。そのほどは精進せさす。

とあるからである。自分が娘を危険な長谷寺へ連れて行くことができない代わりに、一尺の鏡を鋳造させ、代参の僧を立て、その僧に三日間のお籠もりで、娘の行く末を夢に見せようというのである。その間母は、同様に残る「私」にも、心身の穢れを清めるための物忌み生活をさせたとある。本文に「めり」とあり、この行為が母の思い通りに進んでいくさまを示している。つまり母は、三十近い娘の行く末を心配し、僧を初瀬詣に行かせたのである。これも先に述べた娘の管理をする「主婦権」にあたるだろう。だとすれば物詣に行かせることもまた、母親の役割であるといえ、先の場面で母親が娘を連れて行ったと考えることもできる。

主婦という生き方

そして書き手自身もまた、子どもをもった時には子どもの行く末を心配し、物詣に出るのである。書き手が結婚し、子どもを産んだ後（三十八歳頃）、

双葉の人をも思ふさまにかしづきおほしたて、わが身も、み倉の山に積み余るばかりにて、後の世までのことをも思はむと思ひはげみて、十一月《しもつき》の二十余日、石山に参る。

とある。自分自身も多くの財産を蓄えて、後世の往生まで願おうという気持ちはあるものの、幼い子どもを思い通りに大切に育て上げようと石山寺に参詣したという。また、

ただ幼き人々を、いつしか思ふさまにしたてて見むと思ふに、年月の過ぎ行くを、心もとなく、頼む人だに人のやうなる喜びしてはとのみ思ひわたる心地、頼もしかし。

とも書かれている（四十二～七歳頃）。幼い子ども達を思い通りに育て上げ、夫が人並みに任官してくれることを一途に思い続けている気持ちは「頼もしかし」といっている。「頼もしかし」は自分を外側から見て評価する言い方で、その言葉には主婦としての役割を果たしている自身を肯定する気持ちがうか

がえる。ということは、もともと物語に惹かれて主婦ができない自分を自覚しているということだろう。その意味でいえば、書き手は主婦を立派に「演じている」ともいえる。そして子どもの行く末を想い、主婦をつとめている書き手は、実母がそうしたのと同じようにしているのである。なお同じ時期に、

今は、昔のよしなし心もくやしかりけりとのみ思ひ知り果て、親の物へ率て参りなどせでやみにしも、もどかしく思ひ出《い》でらるれば……

と記される。今は物語への思いを断ち切って、仏への信仰に心を向けられたということだが、信仰心を植えつけてくれなかった母への教育の不満でもあるだろう。先に母親が長谷寺、石山寺、鞍馬寺への物詣を躊躇う場面があったが、そういうことと通じているだろう。しかし先に述べた通り、「古代」の母は危ない場所に娘を連れて行きたくなかったのである。書き手がしばしば物詣に行く折にも、子どもは登場しない。書いていないのだからわからないが、もし連れて行っていないとすれば、なおさら母親と同じようにしているといえる。この点は置いておいたとしても、書き手は実母を通じて、主婦としての普通の生き方を自然と身につけていったのである。

なお『更級日記』には、実母の歌が一首もない。それは歌が詠めなかったからではないだろう。和歌は雅な象徴としてある。おそらく母親はそういう華々しさとは少し離れた人であったように思われる。

三、父

家長としての父

次に父親の孝標についてである。書き手が二十五歳頃、孝標（六十歳）はようやく常陸介に任官された。「ようやく」と言ったのは、それ以前、期待していた任官に漏れたことが記されるからである。

親となりなば④、いみじうやむごとなくわが身もなりなむなど、ただ行方なきことをうち思ひ過《す》ぐすに、親からうじて、はるかに遠きあづまになりて、「年ごろは、いつしか思ふやうに近き所になりたらば、まづ胸あくばかりかしづきたてて、率《ゐ》て下りて、海山《うみやま》の景色も見せ、それをばさるものにて、わが身よりも高うもてなしかしづきて見むとこそ思ひつれ、我も人も宿世のつたなかりければ、ありありてかくはるかなる国になりにたり。幼かりし時、あづまの国に率《ゐ》て下りてだに、心地もいさか悪《あ》しければ、これをやこの国に見捨てて、迷《まど》はむとすらむと思ふ、人の国の恐ろしきにつけても、わが身一つならば、安らかならましを、ところせう引き具して、言はまほしきこともえ言はず、せまほしきこともえせずなどあるがわびしうもあるかなと心を砕きしに、今はまいて、大人になりにたるを率《ゐ》て下りて、わが命も知らず、京のうちにてさすらへむは例のこと、あづまの国、田舎人になりて迷《まど》はむ、いみじかるべし。京とても、頼もしう迎へとりてむと思ふ類親族《るいしぞく》もなし。さりとて、わづかになりたる国を辞し申すべきにもあらねば、京にとどめて、永《なが》き別れにてやみぬべきなり。京にも、さるべきさまにもてなしてとどめむとは思ひよることにもあらず」と、夜昼嘆かるるを聞く心地、花紅葉の思ひもみな忘れて悲しく、いみじく思ひ嘆かるれど、いかがはせむ。

父親がひとかどの任官を得たら、書き手も豊かな生活を送れると思っていたが、遠いアヅマに赴任することになったとある。大和国や河内国といった畿内の大国《たいこく》か山城国や摂津国といった上国《じょうこく》の国司を期待していたが、思うようにはいかなかったのである。孝標も不本意に思っているが、その発言を整理してみよう。

○近国に赴任することになったらしたいと思っていたこと
①そなたをたいせつに育て、任国に連れていって海や山の景色を見せたい。
②私は受領の身分だが、贅を尽くしてそなたを装いたてたい。
↓しかし私もそなたも運に恵まれなかったので、待ちに待った挙げ句、遠国に赴任することになった。

○上総国に赴任したときの愚痴と今、思うこと
③先の赴任においては、私一人だったら気楽だったが、家族が大勢いるので言いたいこともいえず、

したいことも思いきってできないのがつらかった。
④かつて、幼いそなたを上総国に残して先立てば、路頭に迷わせることになると思ったが、今、私はいつ死ぬともわからない年齢で、常陸国に連れて行き、そなたが路頭に迷っては大変である。
⑤都にそなたを残しても、安心して引きとってくれる親戚もいない。かといって、ようやく手に入れた国司の職を辞退するわけにもいかない。
⑥やはりそなたを都に残して、永遠の別れとするほかない。しかし都に残すとしても、そなたにしかるべき暮らしができるようにすることは、できそうもない。

孝標は愚痴をこぼしているが、ここには父親としての役割が見える。まず孝標が一家を背負っているということである。③④⑤にあるように、自分が東国で先立てば娘を路頭に迷わすことになる、家族がいるので、言いたいことも言えなかったといっている。さらに不本意ではあったが、ようやく手に入れた任務も辞退できないとある。近代にも通じる、一家の長としての自覚である。また②で孝標は書き手を自分の身分以上に大切に育てたいといっている。これは結局、立派な婿を迎え、家が繁栄することに通じている。⑥の最後にいっていることも、それに関わるかもしれない。婿をとることは外との関係で決まってくる。先に「主婦権」について触れたが、分業として基本的に母は内のこと、父は外との関係を取り持つと考えていい。他にも、上り着きたりし時、「これ手本にせよ」とて、この姫君の御手をとらせたりしを、「さよふけてねざめざりせば」など書きて「鳥辺《とりべ》山谷に煙のもえ立たばはかなく見えし我と知らなむ」と、言ひ知らずをかしげに、めでたく書き給へるを見て、いとど涙を添えまさる。

と見られる。上京した時、父親が「私」に手習いの見本にすべき筆跡を渡したといっている。それは藤原行成の娘が書いた『拾遺和歌集』の歌であった。平安時代中期の公卿であり、能書家として有名な藤原行成は、孝標の蔵人時代の上司にあたるので、交流があったのだろう。詳しくは後述するが、姫君は書き手より一歳上で、道長はその筆跡について、行成の筆跡を若くしたような書きぶりといっている（『栄花物語』巻十四・あさみどり）。この評からもうかがえるように、手習いの見本として行成の娘の筆跡はふさわしかったのである。

さらに、

十月《かみなづき》になりて、京に移ろふ。母、尼になりて、同じ家の内なれど、方異《かたこと》に住み離れてあり。父《てて》はただ我を大人にし据ゑて、我は世にも出で交らはず、陰に隠れたらむやうにてゐたるを見るも、頼もしげなく心細くおぼゆるに……

とある。これは孝標が先の任務を終えて帰京し、引退した後の場面である。母は尼になり、父は「私」

を一家の中心である主婦にしたと記している。先に述べたように主婦は家の管理をするものである。父親は書き手の母が尼になったゆえ、書き手を主婦にしたのである。

ちなみにその後、

親たちも、いと心得ず、ほどもなく籠《こ》め据《す》ゑつ。

とある箇所は、書き手の結婚を記述した場面と考えられている。父親が主婦にしたのと同様、結婚にしても参与があったことがうかがえる。結婚は外との関係の中で成立するものであり、先に触れたように、その場合原則として父親が役割を担うからである。その役割が先の発言にあらわれている。

赴任

七月十三日に孝標は常陸国に下るが、その場面は次のようにある。

七月《ふみづき》十三日に下る。五日かねては、見むもなかなかなべければ、内にも入らず。まいて、その日は立ち騒ぎて、時なりぬれば、今はとて簾を引き上げて、うち見合はせて涙をほろほろと落して、やがて出でぬるを見送る心地、目もくれまどひて、やがて伏されぬるに、とまる男《をのこ》の送りして帰るに、

懐紙に、

思ふこと心にかなふ身なりせば秋の別れを深く知らまし

とばかり書かれたるをも、え見やられず。事よろしき時こそ腰折れかかりたることも思ひつづけけれ、ともかくも言ふべき方もおぼえぬままに、

かけてこそ思はざりしかこの世にてしばしも君に別るべしとは

とや書かれにけむ。

いとど人目も見えず、さびしく心細くうち眺めつつ、いづこばかりと明け暮れ思ひやる。道のほども知りにしかば、はるかに恋しく心細きこと限りなし。明くるより暮るるまで、東の山際《やまぎは》を眺めて過ぐす。

出発前の五日間は、父親も顔を合わせるのが辛いようで、部屋に入ってこないとある。こういう場面もリアルに記している。序章において国司の出立の様子を『時範記』で見た通り、出発当日は騒がしいともある。そのような中、出発の時間になると父は部屋へやって来て、簾を上げ、涙をほろほろと落とし、すぐに出て行ってしまったという。「私」は目の前が真っ暗で、そのまま突っ伏してしまったが、しばらくすると見送りをして戻ってきた下男が、父親の便り(歌)をもって来た。そこには、思うことがかなう身の上であったら、秋の別れの哀趣を味わうことができたのに(思いがかなわず遠国への旅立ちゆえ、そんなゆとりもない)とだけ書いてあったが、涙に曇って見ることができなかったとある。書き手

も茫然自失の中かろうじて、今生で父上としばらくの間でも、こうしてお別れするなど思いもしなかったと書いている。

『蜻蛉日記』（上巻）にも陸奥守に任ぜられた父親との別れの場面がある、諸注、この場面が『更級日記』の右の場面と類似していることを指摘する。

今はとて、皆出《い》で立つ日になりて、行く人もせきあへぬまであり、とまる人はたまいて言ふかたなく悲しきに、「時たがひぬる」と言ふまでも、え出でやらず、かたへなる硯に文を押し巻きてうち入れて、またほろほろとうち泣きて出でぬ。しばしは見むも心なし。

父親は涙を流し、「私」も悲しみに暮れ、急かされるまで父は書き手の部屋にいたとある。涙をこぼしながら出ていく際、父は硯箱に手紙を巻いていれたが、しばらくはそれを開けて見る気になれなかったと記される。

『更級日記』の書き手は、父がいなくなってからはますます訪れる人もなく、心細く物思いがちに外を眺めては、今はどの辺りかと父親を想っている。とにかく恋しく心細いというのである。そうした中、アヅマから使いが父の手紙を持って来た。

あづまより人来たり。「神拝《しんぱい》といふわざして国のうち歩きしに、水をかしく流れたる野の、はるばるとあるに、木《こ》むらのある、をかしき所かな、見せで、とまづ思い出《い》でて、『ここはいづことか言ふ』と問へば、『子忍びの森となむ申す』と答へたりしが、身によそへられて、いみじく悲しかりしかば、馬より降りて、そこに二時《ふたとき》なむ眺められし。

とどめおきてわがごと物や思ひけむ見るに悲しき子忍びの森

となむおぼえし」とあるを見る心地、言へばさらなり。返りごとに、

子忍びを聞くにつけてもとどめ置きし秩父《ちちぶ》の山のつらきあづま路《ぢ》

父親の手紙には「神拝」（国司が着任後国内の所定の神社を巡拝し、五穀豊穣や民生の安定などを祈願する行事）の折、広々とした野の中に美しい森があったので、見せてやれないことが残念だと、まず書き手のことを思い出したと書かれている。先の任官の場面でも、近郊の国であったら連れていって海山を見せてやりたいといっていたことと重なる。それだけではない。上総国から京まで『延喜式』では三十日とあるのに、一行は約三ヶ月かかっていた。第一章で述べたように、天候や子ども達の同行の問題はあるものの、これだけ時間がかかったのは名所を訪ねたり、景色を楽しんだり、今でいう観光をして旅を楽しんだからと考えられる。この姿勢は父親の発言と重なる。孝標が先導して、こうした景色を意図的に見せた可能性がある。もしくは書き手の資質を見て、そうしたのかもしれない。

そして孝標はその森が「子しのびの森」であると聞いて、その名称と自身の境遇を重ね合わせ、この森も自分の子を家に残しておいて、私と同じように物思いを重ねるのでしょうか、見るにつけても悲し

い「子しのびの森」よ、と詠んでいる。その返歌は、「子しのびの森」のことを聞くにつけても、私を都に置いて父の下った秩父の山に通じるつらいアヅマ路が想われます、というものだった。「秩父の山」は常陸国ではなく、武蔵国にあるが「アヅマ路」の縁語で「父」がかけられている。

帰京

その後、今生の別れと言っていた父親が帰京する。この時孝標は六十四歳、書き手は二十九歳である。

あづまに下りし親、からうじて上りて、西山なる所に落ち着きたれば、そこに皆渡りて見るに、いみじううれしきに、月の明かき夜一夜、物語などして、

かかる世もありけるものを限りとて君に別れし秋はいかにぞ

と言ひたれば、いみじく泣きて、

思ふことかなはずなぞといとひこし命のほども今ぞうれしき

これぞ別れの門出と言ひ知らせしほどの悲しさよりは、平らかに待ちつけたるうれしさも限りなけれど、「人の上にても見しに、老い衰へて世に出で交らひしは、をこがましく見えしかば、我はかくて閉ぢこもりぬべきぞ」とのみ、残りなげに世を思ひ言ふめるに、心細さ堪へず。

孝標は上京して西山（京都市北区、衣笠山《きぬがさ》辺り）にある家に落ち着いたと記されているが、方角の吉凶ゆえかもしれない（集成『土佐日記』頭注）。そこに家族で移って対面を果たす。一晩中話をし、再会できた喜びと赴任する時の別れのつらさを詠んでいる。それに対して父親は涙を流し、願うことがかなわない自分の人生を厭《いと》わしく思ってきたが、今日まで命永らえて、そなたと再会できてうれしいと返している。しかし一方で、孝標は老い衰えて世間に身をさらしたくないので、このまま引退してしまうつもりだと述べている。孝標の引き際の想いがよくわかる。未練なく官途を諦める口ぶりに、書き手は心細さを感じている。

父への想い、父の想い

実は、書き手は父親が下向した後の八月、太秦に籠もり、父親との再会を祈願していた。

七日さぶらふほども、ただあづま路のみ思ひやられて、よしなし事からうじて離れて、「平らかに会ひ見せ給へ」と申すは、仏もあはれと聞き入れさせ給ひけむかし。

七日間参籠している間、物語のことも頭から離れ、ただアヅマ路にいる父親のことが想われたという。無事に父親と会えることを祈り、仏も不憫に想って聞き入れてくれたことだろうといっている。書き手が物語を忘れるほどというから、それだけ切実だったということだろう。

こうして見ると、母親より父娘の方に書き手の愛着、親密さを感じる。母親は孝標が引退したからに違いないが、この後出家する。しかし母親の出家に際しては、心細さのような気持ちの記述がない。父親に対しては、先の祈願もそうだが、祐子内親王の御所に出仕した折も、

日暮らし、父《てて》の、老い衰へて、我をことしも頼もしからむ陰のやうに思ひ頼み向ひゐたるに、恋しくおぼつかなくのみおぼゆ。


とあって、年老いた父親が自分を頼みにして向かい合って暮らしていたのが恋しく、気がかりでならないと書いている。他には姉の子どものことを思い出しているのだが、母のことは書かれていない。母は確かに尼になってはいるが、この後、父母が炭櫃に火を起こして、宮仕えから帰る書き手を待っている場面がある。母の描写はあるのだから、ここで母を想う記述があってもいいはずである。母親とは距離があったのかもしれない。やはり書き手は父親っ子であるように感じられる。

父親は父親で、書き手をずいぶん大切に思っているようである。「子しのびの森」のことを聞いて、まず書き手を思い出したと言っていた。また常陸国への赴任が決まった折、書き手に語りかけたことは愚痴っぽい。大勢の家族を背負っているので言いたいこともいえないのがつらかったなど、本来は妻に語るべきことのように思われる。『うつほ物語』（蔵開中）では除目の折、期待はずれて昇進できなかっ

た兼雅が荒々しく不満を妻や息子の仲忠にもらす場面があるが、兼雅を諫め、最終的に気持ちをしずめるのは妻である。孝標がこうしたことが言えるのも、書き手に心を許していたからだろう。

孝標像

そのような孝標像は、これまで「凡庸」と捉えられる場合が多かった。池田利夫氏はそのような孝標像に対し、藤原行成の日記である『権記』などを示して再検討することを試みている（「菅原孝標像の再検討」『国語と国文学』五五巻七号、一九七八年七月）。そうした研究を受け、西村さとみ氏は、

菅原道真四世の孫であり、父資忠や子の定義が文章《もんじょう》博士《はかせ》および大学《だいがくの》頭《かみ》を経ている家系にあって、それらをつとめていないこと、娘が綴った『更級日記』における孝標像などから、かつては凡庸な人物とみなされていた。しかし、蔵人頭をつとめた藤原行成の日記『権記』には、孝標が蔵人として活動するさまが散見される。また一〇二七年（万寿四）には、右大臣藤原実資の娘、千古の家司を命じられており、そうした経歴をふまえた人物像の再評価もなされつつある。

と述べている（『日本大百科全書』）。

しかし、そもそも漢文日記とひらがなの日記では書かれるものが違う。序章で述べたように、ひらが

なの日記は漢文日記の「公的」に対して「私的」なことが書けるのである。『更級日記』を通じて見える孝標はそういう孝標である。つまり『権記』の孝標像も、『更級日記』の孝標像も「孝標」であって、漢文とひらがなの日記では、表現される面が違うに過ぎない。

四、姉とその子ども

先にも『更級日記』の書き出しを引いたが、「つれづれなる昼間宵居《よひゐ》などに、姉、継母《ままはは》などやうの人々の、その物語、かの物語、光源氏のあるやうなど、ところどころ語るを聞くに……」とあって、書き手は姉から物語を聞いていたとわかる。その後、姉が登場するのは帰京後の次の場面である。

行成の娘のこと

自身の乳母や藤原行成（侍従の大納言）の娘が亡くなって、書き手（十五歳頃）が悲しい思いをしていた頃、

五月《さつき》ばかり、夜更《ふ》くるまで、物語を読みて起きゐたれば、来《き》つらむ方《かた》も見えぬに、猫のいと和《なご》う鳴いたるを、驚きて見れば、いみじうをかしげなる猫あり。いづくより来つる猫ぞと見るに、姉なる

人、「あなかま、人に聞かすな。いとをかしげなる猫なり。飼はむ」とあるに、いみじう人馴れつつ、傍らにうち臥したり。尋ぬる人やあると、これを隠して飼ふに、すべて下衆《げず》の辺りにも寄らず、つと前にのみありて、物も汚げなるは、ほかさまに顔を向けて食はず。姉おととの中につとまとはれて、をかしがりらうたがるほどに、姉の悩むことあるに、もの騒がしくて、この猫を北面《きたおもて》にのみあらせて呼ばねば、かしかましく鳴きののしれども、なほさるにてこそはと思ひてあるに、煩ふ姉驚きて、「いづら、猫は。こち率《ゐ》て来《こ》」とあるを、「など」と問へば、「夢に、この猫の傍らに来て、『おのれは侍従の大納言殿の御女《むすめ》の、かくなりたるなり。さるべき縁のいささかありて、この中の君のすずろにあはれと思ひ出《い》で給へば、ただしばしここにあるを、このごろ下衆《げず》の中にありて、いみじうわびしきこと』と言ひて、いみじう泣く様《さま》は、あてにをかしげなる人と見えて、うち驚きたれば、この猫の声にてありつるが、いみじくあはれなるなり」と語り給ふを聞くに、いみじくあはれなり。その後は、この猫を北面《きたおもて》にも出《い》ださず、思ひかしづく。ただ一人ゐたる所に、この猫が向ひゐたれば、かいなでつつ、「侍従の大納言の姫君のおはするな。大納言殿に知らせ奉らばや」と言ひかくれば、顔をうちまもりつつ和《なご》う鳴くも、心のなし、目のうちつけに、例の猫にはあらず、聞き知り顔にあはれなり。

とある。夜が更けるまで物語を読んで起きていた五月のある日、かわいらしい猫を見つけた。姉は誰にも言わずに私たちで飼おうと提案する。飼い主が探しに来るかもしれないと、隠して飼っていたというのである。猫は二人に懐いて、下仕えには近寄らず、汚いものも食べない。その頃、体調を崩していた姉が夢を見た。夢の中でこの猫が「私」は侍従の大納言の姫君（藤原行成の娘）の生まれ変わりだという、さらには「中の君（書き手）が私をいとおしんで思い出してくれるので、ほんのしばらくの間と思ってここにおりますのに、最近は下仕えの中にいてつらいことです」と言ったとある。そこで姉がこの夢を見てからは、下仕えのいる北面には出さず、より大切に世話をしたという。姉と共有する一種の「物語」ができたのである。

そして書き手が猫を撫でながら「侍従の大納言の姫君（行成の娘）がいらっしゃるのですね。父上の大納言殿にお知らせ申し上げたいものです」と語りかけると、猫は書き手の顔を見つめたまま穏やかに鳴き、普通の猫とは違って言葉を聞き分けているように感じられ、いとおしいと書いている。

猫

猫を飼うことは、宇多天皇の日記である『寛平御記』（寛平元年十二月六日）に見られる（『河海抄』若菜上収録。所功編『三代御記逸文集成』国書刊行会、一九八二年によって「二月」を「十二月」と改めた）。原漢文だが、書き下した。

朕、閑時に猫の消息を述べて曰ふ。驪猫一隻、大宰大弐源精の秩満ちて来朝し、先帝（光孝）に献ずる所。その毛色の類ならざるを愛す。余の猫猫、皆、浅黒色なるに、此れ独り黒く墨の如し。其の形容たるや、□きこと韓盧に似たり。長さ一尺五寸有り、高さ六寸ばかり。其の屈するや、小さきこと秬粒の如し。其の伸ぶるや、長く弓を張るが如し。眼精晶熒にして針芒の乱眩するが如し。耳鋒、直竪すること、匙上にして揺れざるが如し。其の伏臥する時、団円して足尾を見ず。宛も堀中の玄璧の如し。其の行歩する時、寂寞にして音声を聞かず。恰も雲上の黒龍の如し。性は道行を好み、五禽に暗合す。常に頭を低くし、尾は地に著く。而るに背脊を曲聳せば高さ二尺ばかり。毛色の悦澤、蓋し是に由るか。亦、能く夜鼠を捕ふるは他猫より捷し。先帝、愛玩すること数日の後、之を朕に賜ふ。朕、撫養すること今に五年。毎旦、給ふに乳粥を以てす。豈に啻に材能翹捷なるを取らんや。誠に先帝の賜はる所に因りて、微物と雖も殊に懐育の情有るのみ。仍りて曰はく、「汝、陰陽の気を含み、支竅の形を備ふ。心有らば必ず寧んじて我を知るや」と。猫、乃ち歎息して首を挙げ、吾が顔を仰ぎ睨む。心に咽びて臆を盈つるに似れども、口に言ふこと能はず。

宇多に可愛がられた黒猫である。もともとこの猫は大宰大弐（大宰府の次官）である源精が先帝（宇多天皇の父、光孝天皇）に献上したものである。その後、光孝はこれを宇多に贈り、宇多はその猫を五年飼っているという。他の猫は色が浅黒色だが、この猫は真っ黒で、体長が四十五センチ、体高が十八センチほどあり、容姿はまるで韓盧《かんろ》（中国の春秋戦国時代に韓の国にいたという名犬）のようだと記される。鼠をとることも他の猫に勝るようである。宇多が猫に私のことがわかるだろうと話しかけると、『更級日記』の場合と同じく、人の言葉が通じたかのように反応したという。『寛平御記』の「歎息して首を挙げ、吾が顔を仰ぎ睨む」と『更級日記』の「顔をうちまもりつつ和《なご》う鳴く」が呼応する。

「野生猫の骨は古墳時代以前の遺跡からも出土するが、家猫は奈良時代ころに大陸から渡来したとされ、平安時代に唐猫として貴族の日記や物語の宮中生活の描写の中に現われる」（千葉徳爾氏執筆『国史大辞典』）。『枕草子』（六段）にも一条天皇の可愛がる猫が見られる。その一場面に「猫を御懐《おんふところ》に入れさせ給ひて」とあり、猫は昇殿を許された者としてか、「命婦のおとど」と呼ばれている。その乳母として「馬の命婦」もつけられている。また八十四段には「いとをかしげなる猫の、赤き頸綱《くびつな》に白き札つきて、碇《いかり》の緒、組の長きなどつけて、曳き歩《あ》りくも、をかしうなまめきたり」とある。猫の首に曳き綱がつけれらていたことがわかるが、その綱を引きずって歩く（集成）のは優艶と述べられている。なお『源氏物語』（若菜上）にも、首に綱のついた「唐猫」が御簾の端から走り出てくる場面がある。それによって柏木は女三の宮を垣間見ることになる。

『更級日記』の猫もどこかで飼われていた、当時貴重な唐猫だろう。それゆえ飼い主が探しに来るかもしれないと言っている。また姉は、猫が行成の娘の生まれ変わりと夢見をしていたが、こうした夢見を書き手もしばしばしており、二人は似ている。なお猫に生まれ変わることは『日本霊異記』（上巻・三十）にも見られる。(5) 広国の死んだ父親が猫に姿を変え、息子の家の供え物を腹一杯食べたことが語られている。

月光

姉との描写は他にも、

その（七月）十三日の夜、月いみじく隈なく明かきに、皆人も寝たる夜中ばかりに、縁に出《い》でゐて、姉なる人、空をつくづくと眺めて、「ただ今、行方なく飛び失せなば、いかが思ふべき」と問ふに、なまおそろしと思へる気色を見て、異ごとに言ひなして笑ひなどして……

と見ることができる。皆が寝静まった夜中、縁側に出た姉は空を眺めて、「私がどこへともなく飛び去ってしまったら、あなたはどう思うかしら」と尋ねるので、書き手はうす気味悪く思っている。先の、猫を見つけた場面もそうだが、姉と書き手は同じ部屋で寝ていることがわかる。

第一章で触れたように、月を見たり、月の光を浴びることは不吉なこととしてある。『竹取物語』には「ある人の『月の顔見るは忌むこと』」という発言、『源氏物語』（宿木）には、一人端近で月を眺め、物思いにふける中の君に、年寄の女房らが「今は入らせ給ひね。月見るは忌みはべるものを」と諫める言葉が見られる。『古今和歌集』（巻十七・雑歌上・八七九）、『伊勢物語』（八八段）には「大方は月をもめでじこれぞこの積もれば人の老いとなるもの」とあり、天体の「月」を暦の「月」と捉え直し（高田祐彦『古今和歌集』角川ソフィア文庫）、それが重なって人の老いとなる要因としている。新全集『竹取物語』頭注は、このような理知的な発想と民間信仰が合わさって、月を見ることの不吉さの観念ができあがったと述べる。なお『白氏文集』には「月明ニ対シテ往事ヲ思フコト莫カレ　君ガ顔色ヲ損ジテ君ガ年ヲ減ゼン」とあって、こうした中国思想の影響を考える説（新全集『源氏物語』漢籍等引用一覧）もある。もちろん月見を楽しむこともあるが、それは特別な日である。

姉の死

それが原因にもなったのだろうか、書き手の感じたうす気味悪さは的中することになる。二年後、姉は産後の肥立ちが悪く亡くなった。書き手が十七歳頃のことである。

その五月《さつき》のついたちに、姉なる人、子産みて亡くなりぬ。よそのことだに、幼くよりいみじくあはれと思ひわたるに、まして言はむ方なく、あはれ悲しと思ひ嘆かる。母などは皆亡くなりたる方《かた》にあるに、形見にとまりたる幼き人々を左右に臥せたるに、荒れたる板屋のひまより月のもり来て、児《ちご》の顔にあたりたるが、いとゆゆしくおぼゆれば、袖をうちおほひて、いま一人をもかき寄せて、思ふぞいみじきや。

この場面は、姉が亡くなった直後である。母達が姉の死体の安置してあるところにおり、姉の幼子を書き手が別の部屋で面倒見ていることがわかる。子どもに月の光が当たっていることを不安に感じ、月の光から遠ざけている。二年前の夜のことが思い出されているに違いない。

このように姉には子どもがいること、姉がアヅマで物語を書き手に聞かせていたことを思い合わせると、姉妹は年が少し離れているように感じられる。

姪たち

書き手は宮仕えしていても（三十二歳頃）、しばしば家のことを気にしていたようだ。先に引いた父親への想いに続き、

母亡くなりにし姪どもも、生まれしより一つにて、夜は左右に臥し起きするも、あはれに思ひ出《い》でられなどして、心も空に眺め暮らさる。

とある。姉の子どもは女の子であること、書き手と姪たちは、姉が亡くなってから一緒に生活していたことがわかる。親代わりになったのだろう、出仕しても気遣っている。さらには書き手が結婚してからは、「『若い人参らせよ』と仰せらるれば、えさらず出《い》だし立つるに引かされて、また時々出で立てど……若い人にひかれて、折々さし出《い》づるにも……」とあり、姪を出仕させ、自身（三十四歳頃）も同行

していることがわかる。どちらの姪にせよ、姉の死から十七年ほど経っているので、この頃姪は数えで十八歳以上である。

姉と物語

そして最後に、物語と姉に関わる記述を見てみよう。

そのほど過ぎて、親族《しぞく》なる人のもとより、「昔の人の、『必ず求めておこせよ』とありしかば、求めしに、その折は、え見出《い》でずなりにしを、今しも人のおこせたるが、あはれに悲しきこと」とて、かばねたづぬる宮といふ物語をおこせたり。まことにぞあはれなるや。返りごとに、
埋《うづ》もれぬ屍《かばね》を何にたづねけむ苔の下には身こそなりけれ

親戚を頼りに、姉が生前『かばねたづぬる宮』を求めていたことがわかる。この親戚が、先に継母と並んで書き手に返歌をした人物である。

『かばねたづぬる宮』の筋は、『風葉和歌集』から「主人公の三の宮と女主人公とは人目を憚《はばか》る関係にあったが、女は宮との仲をはかなんで池に入水《じゆすい》する。三の宮は夢枕に現れた女の亡霊によってその死を知り、女のかばね（亡骸《なきがら》）を捜し求めて埋葬しようとするが叶《かな》わず、ついに出家して女の成仏を願う」

というものであると推定される（集成『更級日記』頭注）。姉の死後、この物語は見つかった。書き手は、埋めて成仏させる恋人の屍を捜し求める物語を、姉は何のために探したのでしょうか、姉自身は苔むした地の下に埋められる身であったのにと詠んでいる。物語好きな妹のためにこの物語を求めたのかもしれないが、アヅマで物語を書き手に語っていたことを考えれば、姉自身も物語が好きだったのだろう。書き手はそういう物語好きな姉から影響を受けたと思われる。そして姉の死後は、姉の子ども達を親代わりとなって世話していたのであった。

五、藤原行成とその娘

『更級日記』に登場する「侍従の大納言」は先にも少し触れたように、平安中期の公卿藤原行成（九七二〜一〇二七）である。孝標（九七三〜？）は長保二年（一〇〇〇）に蔵人になり、同三年叙爵される。この頃の蔵人頭が行成である。二人はいわば上司と部下の関係であった。行成の日記『権記』には、孝標が蔵人として活動する様子が見られる。『更級日記全注釈』はこのことが契機となって個人的な交流の生まれたことを指摘する。書き手が父親から行成の娘の手本をもらった時期は、帰京（一〇二〇年）後のこととして書かれているが、この頃行成は権大納言になっている。また行成は諸種の才芸にすぐれ、特に能書家として有名である。一条天皇、藤原道長の信任が厚く、道長の子、長家を娘の婿に迎えている。その娘が『更級日記』にしばしば見られる「侍従の大納言の姫君（御娘）」である。なお『栄花物語』（巻十四・あさみどり）によれば、結婚したのは長家が十五歳頃、姫君が十二歳頃である。姫君は『更級日記』の書き手より一つ上である。

行成の娘の死

『更級日記』において最初に行成の娘が登場するのは、その死を聞いた時（一〇二一年三月）である。

また聞けば、侍従の大納言の御むすめ亡くなり給ひぬなり。殿の中将のおぼし嘆くなるさま、わがものの悲しき折なれば、いみじくあはれなりと聞く。

「殿の中将」（長家）が妻を亡くしてひどく悲しんでいることを聞き、同様に乳母を亡くした身であるので他人事として聞けないといっている。『栄花物語』（巻十六・もとのしづく）には、娘を亡くした行成の嘆きが、

年頃この御事より他のこと思ひはべらざりつ、今は甲斐なきことなりけれど、ものもおぼえたまはぬままに、何ごとをと思しまどふ。

と見られる。長年姫君のことを考えてきたが、今は何のかいもないと、途方に暮れているという。

行成の娘の死因については『小右記』（治安元年〈一〇二一〉三月十九日）に「年来、病者の中、長家室と為す」とあり、もともと病弱であったことがうかがえる。『栄花物語』（巻十四・あさみどり）には、

大姫君はさやうにほのめかし聞こゆる人々あれど、中納言、これは思ふ心ありと惜しみ聞こえ給ふほどに、いたう盛り過ぎゆくに、この児《ちご》のやうにおはする君の御事をもて騒げば、故北の方の御物《もの》の怪《けい》出《き》で来て、この姫君をあらせ奉るべくもあらず、ゆゆしく常に言ひ威《おど》すめれば、静心《しづごころ》なう思《おぼ》されける。

とある。「大姫君」とは姫君の異母姉である。年も盛りを過ぎていく我が子を差し置いて、姫君の世話に奔走する行成への恨みゆえ、亡き母親（妻）の物の怪が姫君についているという。行成の娘は憑かれやすいのだろう。『栄花物語』はこの物の怪が姫君の死因であると明瞭にしているわけではないが、この物の怪がわずらわせ、強いては死を導いたと考えられていた可能性もある。この時代、病は物の怪が憑いて起こるものと考えられていた。弱みにつけ込んで、嫉みや恨みが物の怪によって語られた。

父親譲りの筆跡

そして行成の娘の死を聞いた書き手は、次のことを回想している。

上り着きたりし時、「これ手本にせよ」とて、この姫君の御手をとらせたりしを、「さよふけてねざめざりせば」など書きて、「鳥辺《とりべ》山谷に煙のもえ立たばはかなく見えし我と知らなむ」と、言ひ知らずをかしげに、めでたく書き給へるを見て、いとど涙を添へまさる。

先にも引いたが、上京した時に父親が手習いの見本にすべき筆跡として、書き手に渡したのが行成の娘の筆跡である。そこには『拾遺和歌集』の歌が二首（巻二・夏・一〇四と巻二十・哀傷・一三二四）書かれていたが、言いようもなく美しく書いてあるそのさまに、書き手は涙をそそられると記している。姫君の筆風については『栄花物語』（巻十四・あさみどり）に、次のようにある。

大殿御覧ずるに、いとど中納言の御手を若う書きなし給へると見えて、えもいはずあはれに御覧ぜらる。

姫君の和歌を見た道長は行成の筆跡を若くしたような書きぶりであると、感慨深く感じている。親譲りの才を発揮しているということだろう。

しばらくして『更級日記』の書き手は、

花の咲き散る折ごとに、乳母《めのと》亡くなりし折ぞかしとのみあはれなるに、同じ折亡くなり給ひし侍従の大納言の御娘の手を見つつ、すずろにあはれなるに……

と書いている。桜の花が散る時節になると亡くなった乳母を思い出すといっているが、同じ頃亡くなった行成の娘についても、父に渡された筆跡を見て悲しい気持ちになっている。それもそのはずで、一首そのまま記されている「鳥辺山」の歌は、鳥辺山（当時の火葬場）の谷に煙が立ったならば、それは死んだ私を焼く煙と思ってくださいというものである。書き手はその歌に亡き姫君を重ねていたに違いない。

そうした折、見つけた猫が、自分は行成の娘の生まれ変わりだという夢を姉が見たのである。猫は汚いものは食べず、下仕えの中にいることをつらく思っていた。さらに普通の猫とは違って、書き手の言うことを聞き分けているようであり、貴人としての品や教養があらわれていた。

行成、その娘と孝標家

また、

この猫が向ひゐたれば、かいなでつつ、「侍従の大納言の姫君のおはするな。大納言殿に知らせ奉らばや」

とあり、書き手は姫君がここにいることを行成大納言にお知らせ申し上げたいと言っている。しかし行成の娘が亡くなって二年後、猫を見つけた翌年、家が火事になり、この猫が焼け死んでしまう。

そのかへる年、四月《うづき》の夜中ばかりに火の事ありて、大納言殿の姫君と思ひかしづきし猫も焼けぬ。「大納言殿の姫君」と呼びしかば、聞き知り顔に鳴きて歩み来《き》などせしかば、父《てて》なりし人も、「めづらかにあはれなることなり。大納言に申さむ」などありしほどに、いみじうあはれに、口惜しくおぼゆ。

どうやら姉の夢のことがあって以降、書き手は猫を「大納言の姫君」と呼ぶようになったらしい。すると猫もそれを理解しているように鳴き、近づいてきたという。孝標はそのことを行成大納言に申し上げようと言っていた。しかし火事になり、猫が死んでしまったのでとても悲しく、残念だと記している。行成一家に対する孝標家の想いが猫を通じて語られている。父、姉、書き手が親和する日常の一コマである。その共通の話題が行成の娘（猫）であった。

六、夫

書き手は三十三歳で橘《たちばなの》 俊通《としみち》（三十九歳）と結婚する。紫式部の初婚も二十代後半の頃と推測されるが、三十三歳とはいかにも晩婚である。

初瀬詣

結婚して六年後、書き手が三十九歳の頃、『更級日記』唯一の、夫とのやり取りが見られる。

そのかへる年の十月《かみなづき》二十五日、大嘗会《だいじやうゑ》の御禊《ごけい》とののしるに、初瀬の精進《さうじ》はじめて、その日、京を出《い》づるに、さるべき人々、「一代に一度の見物《みもの》にて、田舎世界の人だに見るものを、月日多かり、その日しも京をふり出《い》でて行かむも、いとものぐるほしく、流れての物語ともなりぬべきことなり」など、はらからなる人は言ひ腹立てど、児《ちご》どもの親なる人は、「いかにもいかにも、心にこそあらめ」とて、言ふにしたがひて出《い》だし立つる心ばへもあはれなり。

「大嘗会」とは、新帝が即位して初めて行う新嘗祭を指すとされる。新嘗祭は毎年十一月に、その年の新穀を神に供え、神と天皇が共食する儀式である。現在も十一月二十三日（勤労感謝の日）に宮廷の祭典として行われている。「御禊」とは、それに先立つ十月に新帝が賀茂川で斎戒《さいかい》（物忌）する行事である。この日、天皇は宮中から二条大路を東行し、賀茂川に向かうが、文武両官、女官が供奉する盛大な行列は、世間を湧き立たせる見物であったという（集成『更級日記』頭注ほか）。

このような日に初瀬詣に出発しようとするわけだが、兄弟は、一世一代のこととして田舎の人ですら上京するのに、その日に京を出るなどおかしい、後々まで語りぐさになるに違いないと言い咎めている。しかし「児どもの親なる人」である夫は、「そうだねそうだね、好きなようにするのがいいと思うよ」と言っているのである。書き手はそういう夫の態度に対し、私の言うがままに旅立たせてくれた心遣いが身にしみると記している。

書き手が供を連れて出立すると、やはり周囲の人から笑われる。俊通は寛容なのだろう。夫のこの発言によって書き手は許されたという感覚をもち、それが夫への信頼感をもたらしたに違いない。

主婦として

そして書き手が四十二〜五十歳頃にかけて、物詣の記事が多く見られるようになるのだが、次のような記述がある。

何事も心にかなはぬこともなきままに、かやうにたち離れたる物詣をしても、道のほどを、をかしとも苦しとも見るに、おのづから心も慰め、さりとも頼もしう、さしあたりて嘆かしなどおぼゆることどもないままに、ただ幼き人々を、いつしか思ふさまにしたてて見むと思ふに、年月の過ぎ行くを、心もとなく、頼む人だに、人のやうなる喜びしてはとのみ思ひわたる心地、頼もしかし。

冒頭、万事これといって思い通りにならないことはない境遇にあるといっている。そして遠出の物詣は物見遊山でありながら、御利益が頼もしいという。このようにいわゆる前向きで、満足感の感じられる記述ははじめてといっていい。俊通との安定した生活を思わせる。また右には、幼い子ども達を思い通りに育て上げ、夫が人並みに任官してくれることを一途に思い続けている気持ちは「頼もしかし」と記されている。「実母」の節で述べたように、子どもを人並み以上に育て、夫の仕事がうまくいくようにすることも、家族の心身の管理をする主婦としての役割といえる。そうした役割を果たしている自分に満足しているのである。書き手は結婚の折、

さても宮仕への方《かた》にもたち馴れ、世にまぎれたるも、ねぢけがましきおぼえもなきほどは、おのづ

から人のやうにもおぼしもてなさせ給ふやうもあらまし。親たちも、いと心得ず、ほどなく籠《こ》め据《す》ゑつ。

と、親がそのまま出仕させておいてくれたら、他の女房並に引き立てられることもあったのにといい、さらに、

さりとて、その有様の、たちまちにきらきらしき勢ひなどあんべいやうもなく、いとよしなかりけるすずろ心にても、ことのほかにたがひぬる有様なりかし。
幾千《いくち》たび水の田芹《たぜり》を摘みしかは思ひしことのつゆもかなはぬとばかりひとりごたれてやみぬ。

とあり、結婚したところで、その境遇が急に華々しく羽振りのよいものになるわけでもなく、現実はあまりに期待外れで、私の願いは何一つ叶わなかったと独り言をもらしていた。それが先のように、主婦をする自身を肯定する気持ちに変わっていったのである。

その後「世の中むつかしうおぼゆる頃、太秦《うづまさ》に籠もりたるに」とある。「世の中」を夫婦仲と解釈すれば、夫と難しくなることがあったということになる。しかしいいときもあれば、そうでないときもあるわけで、当然のことだろう。

任官

書き手が五十歳頃、夫の任官の話がきた。

幼き人々を、いかにもいかにも我《わが》あらむ世に見おくこともがなと、臥し起き思ひ嘆き、頼む人の喜びのほどを心もとなく待ち嘆かるるに、秋になりて待ちいでたるやうなれど、思ひしにはあらず、いと本意なく口惜《くちお》し。親の折より立ち帰りつつ見しあづま路《ぢ》よりは近きやうに聞こゆれば、いかがはせむにて、ほどもなく下るべきことども急ぐに、門出は女《むすめ》なる人の新しく渡りたる所に、八月《はづき》十余日にす。後のことは知らず、そのほどの有様は、もの騒がしきまで人多くいきほひたり。

このとき俊通は五十六歳である。待ちに待った任官の話であった。しかし期待は外れて、都から遠い国であった。御物本傍注に七月三十日、信濃守に任ぜられたとある。それでも父親の赴任したアヅマ路（上総、常陸）より近いように思われるので、仕方がないと、急いで下向する準備をしたという。そして八月十日過ぎに門出をし、娘が新しく引っ越した家に一旦移っている。その際は多くの人々が集まって活気づいていたとある。序章で取り上げた門出の様子が思い起こされる。

実は、結婚したと考えられている年の翌年、俊通は下野守に任じられている。『更級日記』にはこの時期、書き手が宮仕えをし、女房、源資通《すけみち》と春秋の優劣を談義していることが記されているが、夫の赴任のことは一切書かれていない。

出立と死の予兆

俊通が娘の家から信濃国へ出立するのは、八月二十七日のことである。

二十七日に下るに、をとこなるは添ひて下る。紅《くれなゐ》の打ちたるに、萩の襖《あを》、紫苑《しをん》の織物の指貫《さしぬき》着て、太刀はきて、しりに立ちて歩み出《い》づるを、それも織物の青鈍色《あをにびいろ》の指貫、狩衣《かりぎぬ》着て、廊《らう》のほどにて馬に乗りぬ。ののしり満ちて下りぬる後、こよなうつれづれなれど、いといたう遠きほどならずと聞けば、さきざきのやうに、心細くなどはおぼえであるに、送りの人々、またの日帰りて、「いみじうきらぎらしうて下りぬ」など言ひて、「この暁に、いみじく大きなる人魂の立ちて、京ざまへなむ来《き》ぬる」と語れど、供の人などのにこそはと思ふ。ゆゆしきさまに思ひだによらむやは。

夫は青みがかった藍色の指貫（はかまの一種）に狩衣（公家が常用した略装）を着て、対屋《たいのや》から南に出ている渡廊《わたろう》あたりで馬に乗り、賑やかに下っていったとある。息子も父に同行している。任国はそれほど遠方ではないと聞いたので、以前父が赴任したときのように心細く思わずにいるとある。すると翌日、見送りの人々が帰ってきて、威風堂々たる様子で下向したこと、明け方に人魂が京の方へ飛んでいったことを報告している。書き手はその人魂は供の者のものであると思い、なぜ夫の不吉な前兆と思わなかったのだろうと述べている。この後述べるが、これは夫が亡くなって以降の回想である。

帰京と死

翌年四月に、任期中の夫が上京する。

今はいかでこの若き人々大人びさせむと思ふよりほかのことなきに、かへる年の四月に上り来て、夏秋も過ぎぬ。

九月《ながつき》二十五日よりわづらひ出《い》でて、十月《かみなづき》五日に、夢のやうに見ないて思ふ心地、世の中にまたたぐひあることともおぼえず。（中略）二十三日、はかなく雲煙になす夜、去年《こぞ》の秋、いみじく仕立てかしづかれて、うち添ひて下りしを見やりしを、いと黒き衣《きぬ》の上にゆゆしげなる物を着て、車の供に泣く泣く歩み出《い》でてゆくを、見出だして思ひ出《い》づる心地、すべてたとへむ方なきままに、やがて夢路にまどひてぞ思ふに、その人や見にけむかし。

まだ任期中であるのに上京したのは、「わづらひ出でて」とあるゆえ、具合が悪くなったものと思われる。九月二十五日からいよいよ病が重くなり、十月五日に亡くなっている。「私」の悲嘆は他に例のあることとも思われないと記している。

　十月二十三日は野辺送りの日で、先の出立の日は立派な装束を身にまとっていた息子が、今は喪服の上に忌まわしい素服（袖なしの白衣）を着て、柩車《きゅうしゃ》（亡骸を火葬場へ運ぶ車）に同行し、泣きながら歩いているという。その様子を書き手は見ており、先に触れたように、近親の女性は野辺送りに同行しないことがわかる。そして、これまでのことを思い出すにつけても、とてもつらく、悲しみにくれる「私」を夫は見ていてくれただろうと書いている。

七、子ども

　右の通り、息子は夫の信濃国下向に同行し、野辺送りでもその様子が記されている。諸注、この息子は長男の仲俊《なかとし》で、下向当時十六、七歳であることを指摘している。下向の際は、光沢のある紅の袿《うちき》の上に、表が蘇芳《すおう》（黒みがかった紅）で裏が青の狩衣を着て、紫苑の織物の豪華な指貫をはき、太刀を腰にさげていることが記される。主役の夫の装束より息子の装束の方が詳しい。息子の晴れ姿を書いている感じがある。そのあでやかな装束に対して、野辺送りの様子は対照的である。

　門出の折、「女《むすめ》なる人の新しく渡りたる所に、八月《はづき》十余日にす」とあった。「新しく渡りたる所」とは、娘が結婚して夫を通わせるための新しい家と捉えられている（集成頭注）。夫型同居婚の可能性もあるだろう。しかし俊通が結婚の翌年赴任していることや、女の結婚適齢年齢を考慮して、この「女《むすめ》」は俊通と別の女の間の子であるとも考えられている。一方で集成頭注は「長男仲忠をもうけた後に間もなく妊娠したものとすれば、すでに十五、六歳になる実の娘があったことにもなる」と述べている。

『更級日記』で他に子どものことが記されるのは、以下の四カ所である。これまでにも取り上げたが、整理してみる。

①双葉の人をも思ふさまにかしづきおほしたて、わが身も、み倉の山に積み余るばかりにて、後の世までのことをも思はむと思ひはげみて、十一月《しもつき》の二十余日、石山に参る。(書き手三十八歳頃)

②ただ幼き人々を、いつしか思ふさまにしたてて見むと思ふに、年月の過ぎ行くを、心もとなく、頼む人だに、人のやうなる喜びしてはとのみ思ひわたる心地、頼もしかし。(四十二〜五十歳頃)

③身の病いと重くなりて、心にまかせて物詣などせしこともえせずなりたれば、わくらばの立ち出《い》でも絶えて、長らふべき心地もせぬままに、幼き人々を、いかにもいかにも我《わが》あらむ世に見おくこともがなと、臥し起き思ひ嘆き……(五十歳頃)

④今はいかでこの若き人々大人びさせむと思ふよりほかのことなきに……(五十一歳頃)

①は幼い子どもを思い通りに育て上げ、多くの財産を蓄えて、後世の往生まで願おうと石山寺に参詣したといっている。②でもやはり幼い子ども達を思い通りに育て上げたいといい、夫の人並みの任官も期待している。③は書き手の病が重くなり、生きているうちに子ども達が一人前になった姿を見たいと

思っていることが示される。④の「今」は、俊通が信濃国へ赴任している時を指す。夫の留守中は、この子ども達を一人前にしようと思う気持ち以外ないと書かれている。子どもの中には、姪の子や後に触れる「甥」なども含まれているかもしれない。だとすれば、書き手がこの一家の中心的存在であったことになるだろう。

ちなみに、諸注の推定年齢に照らし合わせれば、長男の仲俊は①四、五歳頃、②八、九歳～十六、七歳頃、③④十六～八歳頃である。つまり書き手は子どもが小さい頃から十七、八になるまで折々に子どもの行く末を想っていることを書いており、「主婦」をしているのである。なお、書き手が結婚した後「若い人参らせよ」とお召しがあったのは、子ども（長男）の出産に関わるだろうか。女房の年齢による役割の違いはあるが、推定される年から考えるとその可能性がある。

八、親戚

まず親戚が登場する三つの場面を挙げる。

「物語求めて見せよ、見せよ」と母を責むれば、三条の宮に、親族《しぞく》なる人の、衛門《ゑもん》の命婦《みやうぶ》とてさぶらひけるたづねて、文《ふみ》やりたれば、珍しがりて喜びて、「御前《おまへ》のをおろしたる」とて、わざとめでたき冊子《さうし》ども、硯の箱の蓋に入れておこせたり。

書き手が母親に物語をせがむと、母親は親戚の、「衛門の命婦」という名で三条の宮に仕える人のもとに手紙を贈った。するとその親戚は、三条の宮から下賜された冊子の物語を硯箱の蓋に入れて贈ってくれたという。また、

をばなる人の田舎より上りたる所に渡いたれば、「いとうつくしう、生ひなりにけり」などあはれがり、めづらしがりて、帰るに「何をか奉らむ。まめまめしき物は、まさなかりなむ。ゆかしくし給ふなるものを奉らむ」とて、源氏の五十余巻《よまき》、櫃《ひつ》に入りながら、在中将、とほぎみ、せり河、しらら、あさうづなどいふ物語ども、一袋とり入れて、得て帰る心地のうれしさぞいみじきや。

とある。地方から帰京したおばは、久しぶりに会った書き手がかわいらしく成長したことを喜んで、帰り際に書き手が欲しがっていた『源氏物語』五十余巻を櫃に入れて渡してくれたという。その上『在中将』(『伊勢物語』)、『とほぎみ』、『せり河』、『しらら』、『あさうづ』も袋に入れてくれている。さらに、

そのほど過ぎて、親族《しぞく》なる人のもとより、「昔の人の、『必ず求めておこせよ』とありしかば、求めしに、その折は、え見出《い》でずなりにしを、今しも人のおこせたるが、あはれに悲しきこと」とて、かばねたづぬる宮といふ物語をおこせたり。まことにぞあはれなるや。返りごとに、

埋《うづ》もれぬかばねを何に尋ねけむ苔の下には身こそなりけれ

と見られる。この場面は「姉とその子ども」の節で取り上げた。生前、姉は親戚に『かばねたづぬる宮』という物語を求めていた。その時は見つからなかったが、姉の死後見つかったので贈ってきてくれたのである。この親戚は姉の死後、その乳母が家を出る際、墓所を訪ねたと聞いて「住み慣れぬ野辺の笹原あとはかもなくなくいかにたづねわびけむ」という歌も詠んでいた。

このように「親戚」の記述は、物語を通してのものである。書き手初出仕の日の記述に、

さこそ物語にのみ心を入れて、それを見るよりほかに、行き通ふ類《るい》親族《しぞく》などだにことになく……

とある。物語に熱心になって物語を見る他に、交際する親戚さえこれといっていないと書いている。やはり書き手にとって親戚関係というのは、物語を通じてのものなのである。常陸国赴任が決まった孝標が、

京とても、頼もしう迎へとりてむと思ふ類親族もなし。

［都に残しても、安心して引きとってくれると思える親戚もいない］

と述べていたことが思い合わされる。また引退した父親と尼になった母親が、出仕する書き手の帰りを待っている場面には、次のようにある。

父母《てては》、炭櫃《すびつ》に火などおこして待ちゐたりけり。車より降りたるをうち見て、「おはする時こそ人めも見え、さぶらひなどもありけれ、この日ごろは人声もせず、前に人影も見えず、いと心細くわびしかりつる。かうてのみも、まろが身をばいかがせむとかする」とうち泣くを見るもいと悲し。翌朝《つとめて》も、「今日はかくておはすれば、内外《うちと》人多く、こよなく賑はしくもなりたるかな」とうち言ひて向ひゐたるも、いとあはれに、何のにほひのあるにかと涙ぐましう聞こゆ。

父母は火鉢に火をおこし、娘の帰りを待っていた。まさに生活の一場面である。書き手がいる時には人の出入りがあって賑やかだが、いないと静まりかえっていると言われている。父母の晩年の家は、人の出入りの少なさを思わせる。

そういう中で、書き手（二十代後半）と親族のやり取りが一例見られる。

親族なる人、尼になりて、修学院《すがくゐん》に入《い》りぬるに、冬頃、

涙さへふりはへつつぞ思ひやる嵐吹くらむ冬の山里

返し、

わけて訪ふ心のほどの見ゆるかな木陰をぐらき夏の繁りを

親族が尼になって京都の修学院に入ったとある。そこで書き手は冬頃、寒風が激しく吹く山里にいる

あなたが心配だと歌を贈っている。それに対して親戚の尼は、書き手の想いを喜ぶ歌を返しているが、それは夏の歌になっている。新大系脚注は「ある種の諧謔か」と述べ、それを受けて『更級日記全注釈』は、書き手のその想いによって荒涼とした冬が草木の茂る夏に転換されていると解釈している。

この一例だけ親族の消息に関わるのは、尼になるということに書き手の関心があったからかもしれない。

他に親戚として挙げられるのは、先に取り上げた姪である。そして『更級日記』に唯一「甥ども」と見られる場面があるが、そこには「六郎にあたる甥」が登場する。

甥どもなど、一所《ひとところ》にて、朝夕見るに、かうあはれに悲しきことの後は、所々になりなどして、誰も見ゆることかたうあるに、いと暗い夜、六郎にあたる甥の来たるに、珍らしうおぼえて……

書き手は甥たちと一緒に住み、朝夕顔を合わせていたことがわかる。「かうあはれに悲しきこと」は諸注、夫の死を指すとする。夫の死後は離れればなれに住むようになり、誰かに会うこともめったになくなっていたという。ところがある夜、（親から見て）六男にあたる甥（『更級日記全評釈』）が訪ねてきたので、珍しく思ったと記している。この甥は書き手の兄弟の子であると考えられているが、詳細は不明である。どういう理由で書き手のもとを訪ねたのかも書かれていない。なお「甥ども」という複数表現には、姉の二人の子も含まれているかもしれない（新全集頭注）。

他にも、先に「実母」の節で触れ、次の「九」の⑪に見られる、書き手の出仕を勧める「人々」や、土忌のため他所へ方違《かたたがえ》する時に移った家（②）、父親の任官がかなわなかった時に「同じ心に思ふべき人」（⑤）も親族のような気がするが、そのようには書かれていない。

以上のように『更級日記』において親戚とのやり取りは、基本的に物語と関わってのみ書かれている。実際は、物語に関わること以外に関係がないわけではないだろう。意識的にそう書いているように思われる。ただし常陸国に赴任する孝標の発言に見られたように、どうやら孝標家は積極的に親戚付き合いをしていたわけではなさそうである。

九、友人、女房仲間たち

『更級日記』にはしばしば知人、友人、書き手が仕えていた祐子内親王の女房仲間が登場する。知人、友人の中に女房仲間が含まれていることも考えられるが、女房とわかるものについては別に並べた。ただし「四十余人」「例の人々」など、多数の女房の場合は挙げない。

■ 知人、友人

①「外《ほか》より来たる人」……書き手の邸を訪ねる。来る途中、美しい紅葉のあったことを述べる。

②「土忌《つちいみ》に人のもと」（土忌で他所へ方違《かたたがえ》する時に移った家）

③「長恨歌といふ文《ふみ》を物語に書きてあるところ」（『長恨歌』を物語に翻案したものを持っている家）……それを書き手は借りようと歌を贈る。返歌がある。
④「吉野山に住む尼君」……この人を想って歌を贈る。
⑤「同じ心に思ふべき人」（悲喜を同じくする人）……父親の国司任官を期待していたが、叶わなかった折、手紙（歌含む）を贈ってくる。返歌をする。
⑥「もろともにある人」（一緒にいる人）……書き手が転居した東山でこの人と歌の贈答をする。「作者の心の底をよく理解する人」（集成頭注）。
⑦「知りたる人」……東山の邸の近くまで来て、そのまま帰ってしまった知り合いに歌を贈る。
⑧「そこなる尼」（東山に住む尼）……尼に「春に訪れるので、花盛りになったら教えてほしい」と言って帰ったが、音沙汰がないので歌を贈る。
⑨常に「『天照御《あまてるおほんかみ》神を念じ申せ』と言ふ人」と天照御神について教えてくれた「人」
⑩「知りたりし人」（知り合いだった人）……書き手が西山に移り住んだため、やり取りが絶える。その人が「いかがお過ごしですか」と言ってきたので、その人を思い出して歌を贈る。
⑪「『今の世の人は、さのみこそは出でたて。さてもおのづからよきためしもあり。さても試みよ』と言ふ人々」（書き手の出仕を勧める人々）
⑫「いみじう語らひ、夜昼歌など詠みかはしし人」（殊に親しく、歌の贈答をしていた人）＝「越前の守《かみ》の嫁」……絶えず消息を交わしてきたが、越前守の妻として任国に下ると音沙汰が絶えた。そこ

で歌を贈ったところ返歌がある。
⑬「ねむごろに語らふ人」（親睦の深い人）……音沙汰がないので歌を贈る。
⑭「久しう訪れぬ人」＝「尼なる人」……歌贈り、返歌がある。

■祐子内親王の女房ら

⑮「しるべし出《い》でし人」（出仕の案内してくれた女房：集成頭注）
⑯「馴れたる人」（古参の女房）
⑰「我より勝る人」（私より重んぜられている女房）
⑱「つれづれなるさんべき人」（手持ち無沙汰な様子の女房）……世間話をする。
⑲「博士の命婦」……書き手はこの人を神の現れかと感じる。※夢でもう一度名前が挙がる
⑳「さべき人々」……一緒に話をしながら月を眺める。
㉑「傍らに臥し給へる人」（傍らに休んでいた女房）……歌のやり取りをする。
㉒「語らふ人どち」（一緒に話をする親しい女房達）
㉓「また語らふ人」（また別の親しい女房）……度々この人を局に呼び、歌を贈る。
㉔「上達部《かんだちめ》殿上人などに対面する人」（上達部や殿上人の応対をする女房）
㉕「秋に心寄せたる人」＝「その夜もろともなりし人」……源資通《すけみち》が訪れた時に一緒にいて、春秋の優劣を談義する。

㉖「宮にかたらひ聞こゆる人」（祐子内親王家で親しくしていた女房）……一緒に石山寺に参籠する。
㉗「宮にかたらひ聞こゆる人」（右に同じ）……太秦に籠もっている時に手紙をもらい、返事をする。
㉘「宮にて、同じ心なる人三人《みたり》」（気心知れた友人二人）……歌のやり取りをする。
㉙「同じ心に、かやうに言ひかはし、世の中の憂きもつらきもをかしきも、かたみに言ひ語らふ人」（気心が合って、世の中の悲喜哀歓も互いに親しく語らう。㉘の「同じ心なる人」のうちの一人）……筑前に下る。宮家では一晩中、一緒に月を眺めて過ごした。

■関白、藤原頼通の女房
㉚「殿の御方《おほんかた》にさぶらふ人々」（頼通の女房たち）……語り合う。そのうち一人と歌の贈答。

ここに挙げた人たちは⑲の「博士の命婦」、㉘㉙の筑前に下った親しい女房仲間以外、いずれも一回のみの登場である。㉚項目の人（人々）のうち、重複する人がいるのかどうかすらもわからない。特に「宮にかたらひ聞こゆる人」が㉖と㉗で二度登場する。一方は石山寺に共に参籠しており、もう一方は書き手が太秦に籠もっている時に手紙を贈っている。同じ人かもしれないし、違う人かもしれない。また⑫の親しい友人は、夫について越前に下っている。㉙の女房仲間も筑前に下っているが、その理由は書かれていない。⑫の場合と同じように、赴任する夫についていったのだろう。そして⑫の親しい友人は女房であると明確にはわからないが、㉙と同じように女房仲間である可能性はある。両者、書き手と同じように受領階級である。

このように『更級日記』は㉚項目の人（人々）が登場するが、重複しているといえそうなのは二例である。これは、意図的に書き手が同一人物とわかるように書いていない可能性がある。ゆえに親しい人も、一度だけ登場するかのように見える。親しく付き合う人よりも、さまざまな人を書くことを目指しているかのようである。これは『蜻蛉日記』が兼家とのことばかり書いていたことと正反対である。

十、「ためし」としての日記

『更級日記』は書き手が「十三になる年」から推定で五十代前半の頃までの日記で、約四十年の半生が書かれている。このように半生を綴っているのは『更級日記』の前に『蜻蛉日記』しかない。『更級日記』は『蜻蛉日記』を「ためし」（先例）として半生を書いているのである。しかし『蜻蛉日記』と『更級日記』には違いがある。

序章で触れたように、『蜻蛉日記』は人間関係が主として兼家との関係に絞られて書かれている。『蜻蛉日記』の書き出し（序）にも、高貴な身分の人（兼家）との実生活を書くと宣言されていた。兼家と関わりのない人との関係も、日記に書かれている以上にあったと捉えるのが自然であるが、兼家との関係に焦点があてられたため、『蜻蛉日記』にはそうしたことが書かれていない。それに対して『更級日記』は、いろいろな人との関係を書いている。「九」で挙げた人たちは⑲の「博士の命婦」と㉘㉙の女房仲間以外、みな一度だけの登場であるかのように書かれている。重複する人がいるのかどうかわからない。たとえば⑫「いみじう語らひ……し人」（殊に親しくしていた人）、⑬「ねむごろに語らふ人」（親睦の深い人）と書いているのだから、何度も登場する方が自然である。しかし何度も登場するように書かれていない。これは関係を絞って書いた『蜻蛉日記』を受けて、『更級日記』がいろいろな人とのつき合いがあることをいうために、意図的に同じ人をほとんど登場させていないとしか考えられない。

このことは『更級日記』に男性との恋愛、夫との結婚に至る経緯がまったく書かれていないこと、夫との結婚生活を思わせる場面の少ないこととも関係するだろう。結婚と考えられている記述は、親が「ほどなく籠め据ゑつ」とある箇所のみで、書き手と夫の直接なやり取りも、先に取り上げた初瀬詣の場面だけである。『更級日記』は意図的に恋愛や結婚の記述を除いていると思われる。春秋の優劣を談義した源資通を恋愛相手とする説があるが、もしそうだとすれば、恋愛であることをぼかしていることになる。

また細かいところでいえば、父親の赴任の場面が『蜻蛉日記』のそれと類似するという諸注の指摘があり、先にその場面を見た。母親を「古代の人」と捉えていることも共通している。これも『更級日記』が『蜻蛉日記』を「ためし」（先例）にしているからとも考えられるだろう。

第三章　書き手の半生――「ためし」としての日記――

先に述べたように、『更級日記』は書き手が「十三になる年」から五十代前半（推定）の頃までの、おおよそ四十年の半生が書かれている。

これまで、その『更級日記』を「ためし」（先例）という見方を立てて見てきた。第一章では『更級日記』が『土佐日記』を「ためし」として紀行文を書き、それはまた中世の紀行文の「ためし」となっていったことを述べた。第二章では、兼家との二人の関係に限定して書いた『蜻蛉日記』を「ためし」として、『更級日記』が意図的にさまざまな人間関係を書いていることを述べた。この人間関係の記述は、『更級日記』の紀行文以降の中心となっているといいうる。したがって『更級日記』全体の約四分の一を占める紀行文は『土佐日記』を、上京後以降の部分については『蜻蛉日記』を「ためし」としているといえる。ただし前半の紀行文も書く日、書く場面を選択しており、その意味で、いわゆる紀行文は、書く日や場面を選択した『蜻蛉日記』を経過しなくてはならなかったのである。

このように『更級日記』は、『土佐日記』を経て『蜻蛉日記』を「ためし」とすることで自分の半生を書くことが可能になったのである。書き手は晩年、自身の半生を振り返って次のように述べている。

初瀬にて、前のたび、「稲荷より賜ふ験《しるし》の杉よ」とて投げ出《い》でられしを、出でしままに稲荷に詣《まう》でたらましかば、かからずやあらまし。年ごろ「天照御神《あまてるおほんかみ》を念じ奉れ」と見ゆる夢は、人の御乳母《めのと》して、内裏《うち》わたりにあり、帝、后の御かげに隠るべきさまをのみ、夢解きも合はせしかども、そのことは一つ叶はでやみぬ。ただ悲しげなりと見し鏡の影のみ違《たが》はぬ、あはれに心憂し。かうのみ心に物の叶ふ方なうてやみぬる人なれば、功徳《くどく》もつくらずなどしてただよふ。

高貴な人の乳母となって内裏に暮らし、帝や后の庇護を受ける身となるといういい夢解きはあたらず、行く末が悲しそうだという悪い方の夢解きがあたったのはつらいといっている。このように何一つ思うことが叶わずに終わってしまう「私」であるから、今更、功徳も積まず、どっちつかずの落ち着かない生活をしていると書いている。

どういう過程を経て、この境地に至ったのか。この章では書き手の半生を物語、物詣、主婦、女房などの観点から、全体的にまとめ直してみる。その時に第一章で問題となった「あづま路《ぢ》の道の果てよりも、なほ奥つ方《かた》に生ひ出でたる人」という書き出し、アヅマで生まれ育ったかのような自己紹介が関わる。そして「ためし」（先例）という見方をもう一度考えておきたい。

一、物語と書き手

ではまず「物語」という観点から、書き手の半生を振り返ってみよう。

結婚まで—物語に憧れる

第一章で見たように、書き手は十三歳になる年、物語を求めて上京した。そして第二章で見たように、上京後、書き手（十四歳頃）は親戚を通じて『源氏物語』五十余巻を手に入れた。

はしるはしる、わづかに見つつ心も得ず心もとなく思ふ源氏を、一の巻よりして、人もまじらず几帳の内にうち臥して、引き出《い》でつつ見る心地、后の位も何にかはせむ。昼は日ぐらし、夜は目の覚めたる限り、灯《ひ》を近くともして、これを見るよりほかのことなければ、おのづからなどは、そらにおぼえ浮かぶを、いみじきことに思ふに、夢にいと清げなる僧の、黄なる地の袈裟《けさ》着たるが来て、「法華経五の巻をとく習へ」と言ふと見れど、人にも語らず、習はむとも思ひかけず、物語のことをのみ心に占めて、我はこの頃わろきぞかし、さかりにならば、容貌《かたち》も限りなくよく、髪もいみじく長くなりなむ、光の源氏の夕顔、宇治の大将の浮舟の女君のやうにこそあらめと思ひける心、まづいとはかなくあさまし。

念願だった『源氏物語』を最初の巻から誰にも邪魔されず、一日中読みふけっている。本を離れても文章が浮かんでくるほどで、『源氏物語』を読んでいる時の幸福感は、后の位など何事にも代えがたいというのである。そして年頃になれば顔立ちもたいそう整い、髪も長くなって、源氏に愛された夕顔や薫に愛された浮舟のようになるに違いないと思っている。（今思えば）ばかみたいだという。さらに、女人の成仏について書かれた『法華経』第五巻を早く習へという夢を見たが、習おうという気にはならなかったとある。

書き手が十九〜二十五歳の頃には、

かやうに、そこはかなきことを思ひ続くるを役にて、物詣をわづかにしても、はかばかしく、人のやうならむとも念ぜられず、このごろの世の人は十七八よりこそ経よみ、行ひもすれ、さること思ひかけられず。からうじて思ひよることは、「いみじくやむごとなく、かたちありさま、物語にある光源氏などのやうにおはせむ人を、年に一たびにても通はし奉りて、浮舟の女君のやうに山里に隠し据ゑられて、花、紅葉、月、雪を眺めて、いと心細げにて、めでたからむ御文《ふみ》などを時々待ち見などこそせめ」とばかり思ひ続け、あらましごとにもおぼえけり。

とある。たまに物詣をしても、心も入らず、人並みでいたいと祈る気にもなれないとある。世間では十七、八歳頃から経をよんだり、勤行するものだが、その年を過ぎている書き手は、そんなことをする気にもなれないというのである。ただ光源氏のような人を年に一度でいいから通わせ、自身は浮舟のように山里にひっそりと住まわされ、季節の風物に思いを寄せながら、男からの手紙が時々届くのを待っていたいという。書き手はいつかそうなることを期待していたわけで、人並みになることは横に置かれ、このように『源氏物語』の世界がすべてであるかのように書かれている。

しかしそうはいっても、切実な問題があるときは物語を忘れている。書き手が二十五歳頃、父親は常陸介として任国に下向した。その後太秦に籠もり、「七日さぶらふほども、ただあづま路《ぢ》のみ思ひやられて、よしなし事からうじて離れて、『平《たひ》らかに会ひ見せ給へ』と申すは、仏もあはれと聞き入れさせ給ひけむかし」という。七日間参籠している間、物語のことも頭から離れ、ただアヅマ路にいる父親のことが想われて、無事に父親と会えることを祈ったというのである。父親の無事の帰京は、書き手が物語を忘れるほど切実だったのである。

結婚後──現実を見る、主婦として

このような物語世界への憧れは、結婚を機に変わることになる。結婚後（三十三、四歳頃）、

その後は、何となくまぎらはしきに、物語のこともうち絶え忘られて、物まめやかなるさまに心もなりはててぞ、などて、多くの年月を、いたづらにて臥し起きしに、行ひをも物詣をもせざりけむ。このあらましごととても、思ひしことどもは、この世にあんべかりけることどもなりや。光源氏ばかりの人は、この世におはしけりやは。薫大将の宇治に隠し据ゑ給ふべきもなき世なり。あなものぐるほし。いかによしなかりける心なり、と思ひしみはてて、まめまめしく過ぐすとならば、さて

もありはてず。

と書かれている。主婦としての雑事に紛れ、物語のこともすっかり忘れたとある。物詣や勤行をしてこなかったことを悔い、夢見ていた光源氏のような人も、薫が宇治に隠した浮舟のような人も、現実にはいないと思い知り、なんとつまらないことを考えていたのだろうといっている。今風にいえば、「現実を知った」ということである。しかし、それならそれで実直に暮らすならまだしも、そういうふうにもなりきらないという。

その後、書き手（三十八歳頃）は石山寺に物詣に出ている。

今は、昔のよしなし心もくやしかりけりとのみ思ひ知り果て、親の物へ率て参りなどせでやみにしも、もどかしく思ひ出《い》でらるれば、今はひとへに豊かなる勢ひになりて、双葉の人をも思ふさまにかしづきおほしたて、わが身も、み倉の山に積み余るばかりにて、後の世までのことをも思はむと思ひはげみて、十一月《しもつき》の二十余日、石山に参る。

今は物語への思いを断ち切って、仏への信仰に心を向けられたと書かれている。幼い子どもを思い通りに育て上げ、多くの財産を蓄え、後世の往生まで願おうとあり、先の父親の無事の帰京を祈ることと同様、現実的なことを中心に祈願していることがわかる。二十代前半の頃、「人のやうならむとも念ぜられず」（人並みになることを祈る気にもなれない）といっていたことと正反対である。

このように書き手の物語に対する思いや憧れは、結婚前と後で大きく異なっていることがわかる。これは基本的な書き手の捉え方といっていいが、人の思いは明確に図式化されるほど、そう簡単なものではない。三十九歳頃、長谷寺に物詣に行く途中、宇治の渡りで、

つくづくと見るに、紫の物語に宇治の宮の女《むすめ》どものことあるを、いかなる所なれば、そこにしも住ませたるならむとゆかしく思ひし所ぞかし。げにをかしき所かなと思ひつつ、からうじて渡りて、殿の御領所《ごらうしょ》の宇治殿を入《い》りて見るにも、浮舟の女君の、かかる所にやありけむなど、まづ思ひ出《い》でらる。

とある。以前から、どういう土地柄ゆえに『源氏物語』の宇治の八宮の娘たちはここに住まわせられたのかと興味をもっていた場所であるが、この目で見てみると風情のあるところだといっている。対岸に渡り、関白殿（頼通）の宇治殿の敷地内を見ても、浮舟はこのようなところに住んでいたのだろうかと、まずそのことが思い出されると書かれている。物詣に行っているが、やはり『源氏物語』を思い出しているのである。

それでも夫が亡くなった晩年（五十一歳頃）は、次のように書いている。

昔より、よしなき物語、歌のことをのみ心にしめで、夜昼思ひて行ひをせましかば、いとかかる夢の世をば見ずもやあらまし。

昔から役にも立たない物語や歌にばかり熱中しないで、昼夜心を入れて勤行していたら、こんなむなしい人生になることはなかったというのである。

このように物語を求めて上京した書き手であったが、日記を書いている「今」思えば、物語に夢中になって、ばかみたいだといい、夫の亡き後は改めてそのことを悔いている。また物語に対する気持ちは、結婚前と後で大きく変化したことがうかがえた。しかし、結婚前でも切実な問題があるときは物語のことを忘れて現世利益を祈り、結婚後も、きっかけがあれば物語世界に思いを馳せる場面が書かれている。

二、宮仕えと主婦

女房、主婦

次に書き手が宮仕えする女房として、主婦としての生き方をどのように書いているか整理してみる。

祐子内親王の女房として出仕し始めた翌年、書き手は三十三歳で結婚したと考えられている。その場面に、かう立ち出《い》でぬとならば、さても宮仕への方《かた》にも立ち馴れ、世にまぎれたるも、ねぢけがましきおぼえもなきほどは、おのづから人のやうにもおぼしもてなさせ給ふやうもあらまし、親たちも、いと心得ず、ほどなく籠《こ》め据《す》ゑつ。

と見られる。宮仕えにも馴れ、ひねくれ者という評判の立たぬ限りは、他の女房並みに引き立てられることもあっただろうに、親が結婚させたといっている。結婚がそれ相応の女房となる道を断ったというのである。しかし当初は、

里びたる心地には、なかなか、定まりたらむ里住みよりは、をかしきことをも見聞きて、心もなぐさみやせむと思ふ折々ありしを、いとはしたなく、悲しかるべきことにこそあべかめれ、と思へど、いかがせむ。

といっていた。単調な家庭生活より、宮仕えの方が面白いことを見聞きすることができて、気晴らしになるだろうと思っていたが、実際は馴染みがたく、悲しい思いをしなければならないものと知ったというのである。

結婚後、書き手は時折、祐子内親王のもとに出仕している。三十四歳頃、

「若い人参らせよ」と仰せらるれば、えさらず出《い》だし立つるに引かされて、また時々出で立てど、過ぎにし方のやうなるあいなだのみの心おごりをだにすべきやうもなくて、さすがに若い人に引かれて、折々さし出《い》づるにも、馴れたる人は、こよなく何事につけてもありつき顔に、我はいと若人《わかうど》にあるべきにもあらず、また大人にせらるべきおぼえもなく、時々の客人《まらうど》にさし放たれて、すずろなるやうなれど、ひとへにそなた一つを頼むべきならねば、我より勝る人あるも、うらやましくもあらず、なかなか心やすくおぼえて、さんべき折ふし参りて、つれづれなる、さんべき人と物語などして、めでたきことも、をかしくおもしろき折々も、わが身はかやうに立ちまじり、いたく人にも見知られむにも、はばかりあんべければ、ただ大方のことにのみ聞きつつ過ぐすに……

とある。書き手は新参の女房でも、古参の女房でもなく、時々出仕する中途半端な存在であるという。かといって宮仕えにしがみついていなくてはならない身分ではないので、「私」より重宝されている女房がいるのもうらやましくもなく、かえって気が楽であると書いている。結婚して、主婦としての役割があるということだが、女房として半端な自分への弁護でもあるだろう。そして出仕した時には、適当な相手と世間話をし、催し事のある折々にも人目に立たぬよう遠慮しているといっている。

　書き手が三十九歳頃、長谷寺への物詣の途中、次のような夢を見ていた。

その夜、山辺といふ所の寺に宿りて、いと苦しけれど、経少し読み奉りて、うちやすみたる夢に、

　いみじくやむごとなく清らなる女のおはするに参りたれば、風いみじう吹く。見つけて、うち笑《ゑ》みて、「何しにおはしつるぞ」と問ひ給へば、「いかでかは参らざらむ」と申せば、「そこは内裏《うち》にこそあらむとすれ。博士の命婦をこそよく語らはめ」とのたまふと思ひて、うれしく頼もしくて、いよいよ念じ奉りて……

高貴で美しい女性に、あなたは内裏に出仕することになっていると言われる夢を見て、うれしく頼もしくて、ますます熱心に仏に祈ったとある。先に書き手は宮仕えにしがみついていなければならない身ではない、重宝される女房がうらやましくもないといっていたが、ほんとうにそのように気持ちが割り切れていれば、喜んで仏に祈ることもない。やはり書き手は華やかな世界で活躍する自分、女房として引き立てられる自分を手放しきれていないのである。

　このように結婚して主婦をしていても、女房として引き立てられたいという気持ちが残っており、どこかに揺れ動く心があったことがわかる。一方で書き手は、そもそも主婦を「演じている」節があった。四十代の頃、

　ただ幼き人々を、いつしか思ふさまにしたてて見むと思ふに、年月の過ぎ行くを、心もとなく、頼む人だに、人のやうなる喜びしてはとのみ思ひわたる心地、頼もしかし。

とあり、幼い子ども達を思い通りに育て上げ、夫が人並みに任官してくれることを一途に思い続けている気持ちは「頼もしかし」と記されている。第二章でも述べたように、「頼もしかし」は自分を外側から見て評価する言い方で、その言葉には主婦としての役割を果たしている自身を肯定する気持ちがある。ということは、もともと物語に惹かれて主婦が思うようにできない、主婦に向いていない自分を自覚しているということで、その意味でいえば書き手は主婦を立派に「演じている」といえる。実際、書き手が結婚した時、出仕し始めた宮家では、

参りそめし所にも、かくかき籠りぬるを、まこととおぼしめしたらぬさまに人々も告げ……

とあるように、仕えている祐子内親王家では、書き手の結婚を本当とも思っていない様子であると他の女房たちが告げている。これは女房たちの意見でもある。書き手は結婚と縁のない人と宮家の人たちに思われていた。まさかあの人が結婚するとは、というように、結婚することが意外だったのである。

書き手の生き方

書き手は出仕前、宮仕えに興味をもっていたが、実際の宮仕えはつらいものであることを知り、結婚すればしたで、女房として活躍することがあったかもしれないと考えていた。主婦として生きる中では、

主婦に向いていない自分を自覚しつつ、時に主婦としての自分を肯定する気持ちが生まれ、一方で女房として引き立てられることにも、うれしさを感じている。そういう中で女房として出仕すれば、その道に徹する女房に遠慮しながら、主婦としての役割を自覚してもいる。さらに物語に熱中していた自分を悔い、仏の道に心を入れようとしながらも、『源氏物語』を感じられるところを目の前にすれば、やはり物語の世界に思いを馳せもする。こういう書き手の生き方は、ある一つの道に徹するという生き方ではない。物語においても、物詣においてもそうである。書き手は物語世界を求めていたが、源氏も浮舟のような人も現実にはいないと思い知ることになった。物詣をするにも心が入らず、晩年も何一つ思うことが叶わずに終わってしまう「私」であるから、今更、功徳も積まず、どっちつかずの落ち着かない生活をしていると書いていた。つまり『更級日記』に書かれている半生は、その道に徹するという生き方ではない。いわば境界的な生き方である。確かに最初は物語へ向かう気持ちが強かったが、半生として振り返れば、物語や物詣、女房にも心を惹かれ、主婦としてもそれなりにつとめるという、どっちつかずといっていいものだった。これは混沌とした未分化の状態を持ち続けていた半生といえるのではないか。そういう状態を境界的な生き方といっている。一歩突き詰めれば、「境界」を出て、ある一つの道に徹することになるが、書き手はその時々で重きを置くものや、それに対する気持ちの強さが異なっている。図にすれば、次のようになるだろう。

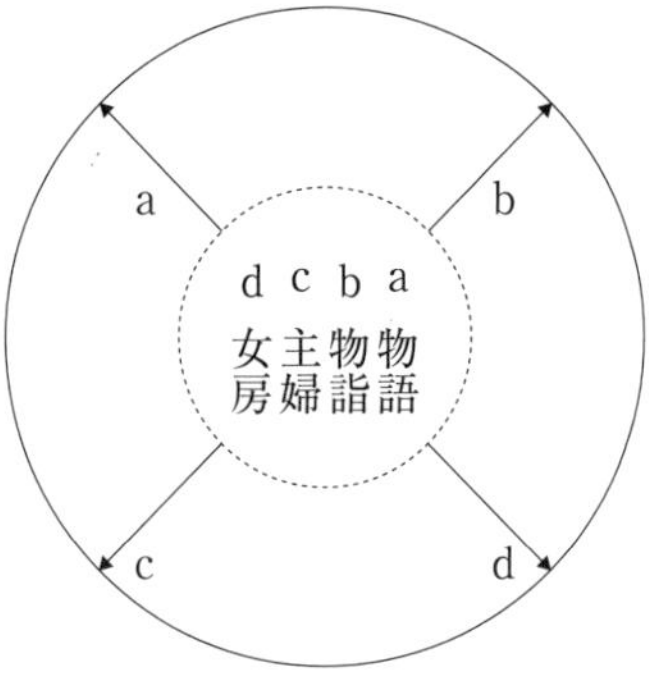

・点線内のａ～ｄは書き手が時々に中心に置いていたものを意味している。気持ちが向かったものの矢印がそこから出ることになる。しかしａの矢印が出ても、ｂｃｄの矢印が出ないわけではない。主婦（ｃ）をしながら物詣（ｂ）のことを思ったり、女房（ｄ）としての生き方を思ったりすることがある。同時に四本出ることもある。この矢印の長さは気持ちの強さによって時々に長さが変化する。ただしこの後述べるように、最長、黒線の円までである。
・実線の円は『更級日記』の書き手の生きたさまを示している。たとえばａの矢印がこの円を出れば、物語の書き手として生きるというように、その道に徹することになる。書き手の場合、四つの矢印がどれも円を出ず、留まっていることを意味している。

この生き方が、アヅマという境界の空間で生まれ育ったという書き出しの一文をもたらしたに違いない。

三、意識の多層性、変化とアヅマ―日記の書き方―

意識の多層性と変化

このような未分化状態のものをいろいろ含んでいる心のあり方や生き方は、日記の書き方から導かれることである。人の心はその時々、ある場面場面で変わりもするし、どの部分に重点を置いて書くかによって、日記の性質が変わる。兼家との関係に焦点を絞った『蜻蛉日記』は日頃、いろいろ考えていることはあるはずなのに、兼家のことばかり考えているかのように書かれ、物語のように見えてしまった。しかし「日記」として書くならば、他にもいろいろな出来事やいろいろな思いがあるはずである。古橋氏はそれを書かないで「日記」といえるのかとし、前後の記述と関係なく、物事が羅列される「繋がらない時間」を『更級日記』が意図的に書こうとしたと述べている（前掲『平安期日記文学総説』）。敷衍すれば、『更級日記』は書く場面を選び、その時々で抱いた気持ちを書いているということである。それも、以前書いた気持ちと矛盾したり、異なる気持ちを意図的に選んでいるといっていい。ゆえに書き手は未分化状態のものを持ち続けているように読めるのである。書き手が四十歳頃、

二三年、四五年隔てたることを、次第もなく書き続くれば、やがて続きだちたる修行者《すぎやうじや》めきたれど、さにはあらず、年月隔たれることとなり。

［二、三年、また四、五年と歳月を隔てたことを順序も構わず書き連ねていくと、物詣ばかりしている修行者のように見えるが、実際はそうではない。年月の間隔をおいたことなのである。］

と書いているのは、選んだ出来事（物詣）を羅列し、「繋がらない時間」を意識していることを示すが、意識の記述も選んでいることを思わせる。

羅列して書かれた気持ちを説明してみれば、興味をもった女房として仕えても、場違いと感じたり、

主婦として生きていれば、やはり女房として活躍したいと思ったり、一方で主婦の役割を果たす自分に満足したり、また物語に心奪われたり、一方で、そのために熱心に物詣しなかったことを悔いてみたり、けれどもやはり物語世界に思いを馳せたり……ということになる。それは人の普段の意識の流れである。『保元物語』（下）に「人一日一夜を経《ふ》るにだに、八億四千の思ひありと、仏の説かせたまふ」（人は一日一晩過ごすにしても、八億四千もの思いを抱くと仏が説いていらっしゃる）とある。新全集『保元物語』頭注によれば、これは唐代初期の仏書『安楽集』の「人、世間ニ生マレ、凡《およ》ソ一日一夜ヲ経《へ》、八億四千万年有リ」を踏まえたものという。『更級日記』の書き手はこうした人の多層、多様な意識の流れに価値を置いているのである。

『更級日記』最後の場面は、次のものである。一緒に住んでいた者たちは、夫の死後離ればなれに住み、家には書き手一人が残った。

人々はみなほかに住みあかれて、ふるさとに一人、いみじう心細く悲しくて、眺めあかしわびて、久しう訪れぬ人に、

茂りゆく蓬《よもぎ》が露にそぼちつつ人に訪《と》はれぬ音《ね》をのみぞ泣く

尼なる人なり。

世の常の宿の蓬を思ひやれそむき果てたる庭の草むら

書き手は久しく便りのない尼に、皆出ていって、荒れ果てた家に一人淋しさを嘆く歌を贈った。それに対して、一人になった淋しさを嘆いているが、あなたの淋しさはまだだといわれている。尼の歌は、結局この世で一人になることを示しているわけで、これは無常に通じるだろう。古橋氏はこの無常を「繋がらない時間」の問題としていっているが（前掲書）、意識レベルで考えるとわかりやすい。『更級日記』に書かれている意識は先に見てきた通り、一つにとどまるものではないという意味で、最後の場面の無常へ向かう可能性があるかもしれない。

アヅマ

『更級日記』は『蜻蛉日記』の場合と異なって、なぜそのことが起きたのか、その気持ちを抱いたか等、説明がなされていない場合も多く、何があったのかわからないこともある。以前書いていた気持ちや決意と、ある時書いているそれが食い違っている場合もある。こういう書き方が『更級日記』をわかりにくくしているが、繰り返すようにそれは『更級日記』が『蜻蛉日記』を「ためし」（先例）にして、選択したある場面での、異なるいろいろな思いを書いたからである。しかし日記を書くとは、こういうことではないか。その意味において『更級日記』は時代を越えたといいうる。

こういうことが書けたのは、書き手がまさにアヅマで「生まれ育ち」、いわゆる都文化とは違う視点をもっていたからではないか。都の人、「田舎」の人でさえ、賀茂川で行われる「大嘗会《だいじやうゑ》の御禊《ごけい》」を見物するという日に、書き手が初瀬詣に出たのもそうだろう。

その暁に京を出《い》づるに、二条の大路をしもわたりて行くに、先にみあかし持たせ、供の人々浄衣《じやうえ》姿なるを、そこら桟敷《さじき》どもに移るとて、行き違ふ馬も車も徒歩人も、「あれはなぞ、あれはなぞ」と、やすからず言ひ驚き、あさみ笑ひ、あざける者どももあり。

書き手一行は、周囲の人から「あれはなんだ、あれはなんだ」と驚かれ、笑われている。都人も「田舎」の人も、京の賀茂川へ向かう中、それとは逆の方向へ向かっているわけで、人と価値観が違うのである。ただし書き手は都で生活し、物語に憧れもしているので、都の文化を放棄しているわけではない。その意味で書き手は境界的な位置に立っているといえる。外側から都の文化を見ていると考えればいいかもしれない。やはりアヅマで生まれ育ったといっていることと重なる。

ほかに『更級日記』の特徴として、別れの場面が多いことも挙げられる。継母との別れ、乳母の死、行成の娘の死、姉の死、夫の死などである。この世を捨てることは「死」と同じ意味をもつから、母や親戚が尼になったことも含まれる。ふつう物語は出逢いから書く。『蜻蛉日記』も兼家からの求婚の場面を書いている。しかし『更級日記』は夫との出逢いの場面もなく、先に挙げた通り、別れの場面が目立つ。それは日記でこそ書けることで、こうしたことも書き手は意図的に書いていると感じられる。

平安後期にひらがなの日記は、ここまで書くようになった。現代に通じる、いわゆる日記の書き方に気がついた書き手は、自負をもっていたかもしれない。「あづま路《ち》の果てより」も「なほ奥」で生まれ育ったかのように書いていた書き手なら、なおさらである。

四、「ためし」としての日記

『更級日記』の「ためし」

書く記述の選択をした『蜻蛉日記』を受けながら、『更級日記』の紀行文（A）は『土佐日記』を、上京後以降の部分（B）は、いわゆる半生を綴っているという点で『蜻蛉日記』を「ためし」としていると考えられた。『更級日記』がいわゆる日常生活とは異なる紀行文からはじまるのは、紀行文（A）で書く日、書く場面を選択して書く日記を試行し、上京後の日記（B）に活かすためとも考えられる。その意味では書き手自身、（A）の紀行文を「ためし」として、上京後の生活や出来事（B）を書いた可能性がある。

『更級日記』の序は、紀行文（A）の序であり、全体の序でもある。だとすれば、序と紀行文（A）が、紀行文以降（B）の序にあたるといえるかもしれない。序にあれだけ物語を求める気持ちが書かれていたのに、紀行文にはそれに関する記述がない。代わりにあるのは、地元で聞いた伝承である。そして京へ到着した（B）以降、物語を求め始めることが書かれるのである。

ひらがな日記の「ためし」、漢文日記の先例

「ためし」（先例）という観点は、歴史を見る方法である。

漢文日記を「ためし」（先例）として日記文学ははじまった。『土佐日記』が漢文日記を「ためし」（先例）としたものは、毎日の出来事を日付とともに書くことである。年中行事、旅の安全祈願、国司としての任務という具体的な内容も漢文日記を「ためし」（先例）にしていると考えられた。一方『土佐日記』は、日記を「日記文学」にするために、時間の限定のある旅をテーマにした。その後『蜻蛉日記』は『土佐日記』を「ためし」としてテーマを立て、書く日、書く記述を選択した日記にし、毎日書かれることで焦点のぼやける日記を克服した。しかしそのテーマは兼家との結婚生活だったので、人間関係の記述が限定され、『蜻蛉日記』は物語のように見えてしまった。

『更級日記』は『土佐日記』を「ためし」として紀行文を構想し、土地や景色そのものを楽しんだり、おもしろがったりする方向で書き、紀行文を確立した。紀行文以降は、『蜻蛉日記』を「ためし」として、さまざまな人との関係を書き、また意図的に選んだ、その時々の多層的で変化する自身の意識や思いを書いていったのである。

こう見ると、ひらがなの日記の「ためし」（先例）は、漢文日記の先例とは違っていることがわかる。序章で触れたように、漢文日記の先例は後人が使えるもの、役に立つものとしてある。それに対してひらがなの日記は、実際に役に立つかどうかという問題ではない。それはひらがなの日記が、漢文日記と

は書く対象を異にするからである。また別の言い方をすれば、漢文日記に見られる先例は、基本的には規範となるべきもので、先例通りに変わることなく続けられるものである。それに対してひらがな日記の場合は、「ためし」通りにする場合と、より真実に即して変えられて書かれる場合のあることがわかる。「真実」とは、人や心を普遍的に捉えたものとしていっている。後者の例でわかりやすいのは、人間関係や日々の思いなどである。『蜻蛉日記』は人との関係が主に兼家やその周辺一部に絞られているが、現実にはもっといろいろな人と交流があり、他にもさまざまな気持ちをもっていたはずで、それを『更級日記』が書いた。文学史としていえば、真実に即するという点から必然的にそうなったのである。こういう日記はリアルに感じられる。

それは歴史をリアルにすることに繋がるだろう。ひらがなの日記は漢文日記を「ためし」（先例）とすることで成立し、以降のひらがなの日記は「ためし」という日記の性格をもち続けてきた。「ためし」という観点を立てることで、前の時代を受けて、次の時代にどのような新たなものが生まれたのか、また次の時代はどうなったのか、という各時代の関連性が見えることになる。この場合は文学史的な面の色濃い歴史になるが、各時代が関連づけて見られることで、歴史がリアルになる。

そしてもう一つ、いわゆる歴史（史実）の問題がある。結論をいえば、『更級日記』は意図的にそういう歴史性を書いていないといえる。歴史性の見えやすい結婚制度を例に挙げてみよう。日本の現代の結婚制度を絶対化しているわけではないが、『更級日記』が「ためし」（先例）とした『蜻蛉日記』は、一夫多妻制の矛盾を生きざるを得なかった女のさまが書かれていた。しかし『更級日記』には、夫のことはほとんど書かれていなかった。第二章においては、書き手が意図的にこうした記述を「除いている」と述べたが、除いたというより、歴史性を「越えた」書き方をしていると考えた方がいい。興味のあった宮家に出仕し始めた頃、書き手は、実際の宮仕えはつらいものだと思っていた。現代でも我々が新しい職場に勤め始めれば、書き手と同じような思いを抱きうる。父親が常陸国赴任に際し、家族を心配したのも、現代に通じる思いである。先に述べた、多層的で変化する意識も、時代を越える人間の普遍的な捉え方である。つまり書き手は歴史性を越えて、人間を普遍的に見、普遍的に書いているのである。この目によってこそ、逆に人間をリアルに感じさせることができる。そして『更級日記』で取り上げた旅の習俗や物詣の文化など、歴史学の成果は、こういう人間を置くことでリアルに感じられるのである。

私は祖父母によって戦争やシベリア抑留、そして戦後がリアルに感じられた。「はじめに」において、この祖父母が毎日日記を書いてくれていたら、「個別的な体験をリアルな歴史として共有することができたかもしれない」と述べた。しかし毎日の出来事を書いた日記では不十分である。『更級日記』のように普遍的に書かなくてはならない。そうして知らない人間が、私にとっての「祖父母」のようにリアルに感じられてこそ、歴史はリアルになるのである。それが文学から歴史を見るということである。

註

（第一章）

（1）古橋氏は人称に対して異議をとなえている。

（2）三角氏は「歌まなび」に焦点をあて、歌に耳ならす幼少期を経た後、七歳前後〜十一、二歳頃、手習いを通して歌に親しむ初学期を迎え、十二、三歳頃からいよいよ歌に取り組む中学期を迎えるとしている（「歌まなびと歌物語」『国語と国文学』六〇巻五号、一九八三年五月）。

（3）日記本文には父親が「幼かりし時、あづまの国に率《ゐ》て下りて」と記録されているが、これは矛盾ではない。後に述べる。

（4）『更級日記全評釈』は、『伊勢物語』が「男〈都人〉→下向」、『更級日記』が「女〈鄙人〉→上洛」という「対照的構造を基盤とした形象」であり、「『伊勢物語』の『をとこ』のパロディーとしての興趣を見出していたのではないかと見定める如き新たな視界も開けてくるのではないか」といっている。後に父親は「あづまの国、田舎人になりてまどはむ、いみじかるべし」と心配している。父親のアヅマに対する見方は後述する負の意味にあたる。

（5）田中広明氏によれば、住居の中心である国司の館は国府政庁の近辺ばかりではなく、任国経営の主要な拠点にも設けられたという（『国司の館』学生社、二〇〇六年）。また佐藤信氏は、国司の館が儀礼の場としての機能をも果たしていたことを述べている（『古代の地方官衙と社会』山川出版社、二〇一三年）。

（6）『尊卑分脈』には弟とあるが、これは誤りと考えられている。

（7）『更級日記』を読んだことのわかる（考えられる）例として、二―2―②で挙げた『春の深山路』、『とはずがたり』がある。

（第二章）

（1）角田文衞氏によれば「式部」については、父親である大江雅致が越前守に昇進する以前、式部丞の任にあったことによるという（前掲書）。

（2）なお「継母が高階成行の娘で、この成行の弟である高階成章は紫式部の娘・大弐三位と結婚しているので、物語好きな作者がこの継母に心を奪われるのは自然」とも考えられている（津本前掲『更級日記の研究』）。

（3）「古代」を「古体」（昔風）と見る注釈書もある。

（4）底本は「おや」の下が二字分空白で、右傍に「と」と細字で記されている。「文脈上、立派な官職を得たならば、の意でなければならず、やはり脱字があると見るべきだろう」（集成頭注）。

（5）原文に「狸」とあるが、興福寺本に訓釈がついており、ネコと訓んでいる（大系）。

あとがき

本書は、倉本一宏先生が監修されている「日記で読む日本史」シリーズに推薦していただいたことからはじまっている。博士論文、そしてこれまで発表してきた論文は主に上代のものだったので、倉本先生からお話をいただいた時、ためらいもあった。しかし、学部の時からの指導教授である古橋信孝先生の日本文学講義で日記文学に関心をもち、それから気になっていたことをこの機会に集中して考えてみたいと思った。振り返れば、先生の講義、演習はほとんど平安期の作品を対象としていて、授業で次々取り上げられた平安期の作品を読んでいっていた。現在でも、新しい読みが示されていく『大和物語』の注釈を刊行する会に参加させていただき、分担された段の注釈を報告して原稿化している。また古橋先生も同じシリーズに執筆されており、私が日記について書こうとしていたので、お考えになったこと、書かれていることをいろいろ話してくださった。そこからヒントをいただいた。

今も講師として武蔵大学にいらしている倉本先生だが、私自身も修士、博士課程の時に先生の講義を受けた。当時私は博士論文『歌が語る歴史―歌謡から読み解く「古事記」そして万葉歌へ―』に取り組んでおり、「歴史」に関心をもっていた。勉強させていただく中で、国際日本文化研究センターの倉本先生のプロジェクト「説話文学と歴史史料の間に」でも学びの場をいただいた。その研究会でいつも考えていたのは、文学研究はどのように「歴史」を抱え込めるのか、文学にとって「歴史」とは何か、という問いだった。本書において、博士論文とはまた異なる方向で、この問題の答えの一つを私なりに示したつもりである。

漢文日記は「先例」として書かれた。『蜻蛉日記』の序にあるように、ならばひらがなの日記も「ためし」として書かれたはずではないか。本書はその視点から考察した。こういう視点はこれまでなかったと思う。この見方によって、それぞれの作品の読みだけでなく、繋がり、つまり文学史もリアルに見えてきたと思える。

『更級日記』を繰り返し読んでみても、なにかが掴めたという気がせず、この作品はなんだろうと幾度も思わされた。そういう中で、いわゆる「日記」の本質を考えれば、むしろ『更級日記』が作品として読むことをわかりにくくしている、しかしこれがまさに「日記」なのだと気づくことで、視界がひらけていくように感じられた。驚くことに、『更級日記』は人間の多層的で多様な思いを意識的に書こうとしていたのである。こういうことを意識的に「日記」で書いたことにおいて、『更級日記』は「文学」だったのだ。

本書を書くにあたり、歴史学のことに関しては直接、倉本先生から幅広く、いろいろなことを教えいただき、写真提供、地図作成にもお力添えいただいた。東真江氏、飯田紀久子氏、上野勝之氏、清水章雄氏、森公章氏、山下克明氏（五十音順）からもご教示いただいた。

いわゆる単著の執筆ははじめてのことであった。それゆえ戸惑うことも多かったが、臨川書店の西之原一貴氏が相談に乗ってくださり、的確なアドバイスをくださった。本というのは編集者との共同作業であり、優れた編集者によって書き手も成長できると古橋先生から伺っていたが、それを実感している。

そして西之原氏の真摯な学に対する態度に、文学研究はこうした編集者の方によって支えられ、成り立っているのだと心強く思った。その意味でも、西之原氏に出会えたことは幸いである。

最後に、新婚生活の中、本書の執筆に力を注ぐことに理解を示し、研究生活を手助けしてくれた主人、双方の両親ら家族、「はじめに」を書かせてくれた祖父母たち、そして体調面で支えてくれた橋本眞弓氏のことを記しておきたい。

平成三十年十月

石川（鶴田）久美子

石川久美子（いしかわ　くみこ）

1984年岡山県生まれ、東京都育ち。

武蔵大学大学院博士後期課程修了。博士（人文学）。㈱日本学術振興会特別研究員DC２を経て、現在、目白大学非常勤講師、武蔵大学総合研究所研究員、国際日本文化研究センター共同研究員。

『歌が語る歴史―歌謡から読み解く「古事記」そして万葉歌へ―』（2016年度博士論文）、『古代歌謡とはなにか―読むための方法論―』（共著、笠間書院、2015年）、「古代歌謡が語る雄略の時代―『天語歌』を中心とした景行の時代との関連―」（東京大学国語国文学会『国語と国文学』90巻７号、2013年）、「『古事記』置目歌謡物語―伝承の変容―」（日本歌謡学会『日本歌謡研究』57号、2017年）など。

日記で読む日本史 4
「ためし」から読む更級日記
漢文日記・土佐日記・蜻蛉日記からの展開

二〇一八年十月三十一日　初版発行

著　者　石川久美子
発行者　片岡　敦
印刷・製本　亜細亜印刷株式会社
発行所　株式会社 臨川書店
606-8204 京都市左京区田中下柳町八番地
電話（〇七五）七二一―七一一一
郵便振替　〇一〇七〇―二―八〇〇

落丁本・乱丁本はお取替えいたします
定価はカバーに表示してあります

ISBN 978-4-653-04344-7　C0395　
〔ISBN 978-4-653-04340-9　C0321　セット〕